北方之南
南方之北

BEIFANG ZHI NAN
NANFANG ZHI BEI

陆健 / 著

百花洲文艺出版社
BAIHUAZHOU LITERATURE AND ART PRESS

图书在版编目（CIP）数据

北方之南·南方之北 / 陆健著. -- 南昌：百花洲文艺出版社, 2023.12
ISBN 978-7-5500-5404-2

Ⅰ. ①北… Ⅱ. ①陆… Ⅲ. ①诗集-中国-当代 Ⅳ. ①I227

中国国家版本馆CIP数据核字（2023）第234021号

北方之南·南方之北
BEIFANG ZHI NAN · NANFANG ZHI BEI

陆健 著

出 版 人	陈 波
责任编辑	郝玮刚　蔡央扬
书籍设计	黄敏俊
制　　作	何 丹
出版发行	百花洲文艺出版社
社　　址	南昌市红谷滩区世贸路898号博能中心一期A座20楼
邮　　编	330038
经　　销	全国新华书店
印　　刷	苏州彩易达包装制品有限公司
开　　本	720mm×1000mm 1/32　印张 7.75
版　　次	2023年12月第1版
印　　次	2023年12月第1次印刷
字　　数	160千字
书　　号	ISBN 978-7-5500-5404-2
定　　价	42.00元

赣版权登字：05-2023-428
版权所有，盗版必究
邮购联系 0791-86895108
网　址 http://www.bhzwy.com
图书若有印装错误，影响阅读，可向承印厂联系调换。

目 录

北方之南

临海八章 / 003

东山岛七题 / 010

汨罗四首 / 019

吴中册页 / 022

滕王阁·八大山人纪念馆 / 027

桃花潭·李白墓 / 029

薰衣草的江宁 / 032

绍兴：我没见着先生 / 035

成都试笔 / 037

北碚四章 / 042

写儋州 / 047

海边上 / 052

新叶古村 / 054

长江边 / 060

洗耳泉边 / 065

海南的椰子 / 066

在天姥山忆李白 / 071

太仓诗 / 073

在九华山遇梅丹理先生 / 081

在太湖想黄河 / 083

啸　台 / 085

安顺的金刺梨花·时光回到旧州 / 089

走江油 / 092

我欠了平湖秋月一个良宵 / 097

我会忘记你的，南宁 / 100

岳阳楼边三记 / 102

如此古镇，如此黄姚 / 108

佛山之献 / 111

南方之北

德令哈情愫 / 143

茶卡盐湖 / 147

在互助饮天佑德酒 / 152

昆仑玉 / 154

南疆镜像 / 155

几只阿克苏苹果 / 163

那年在新疆胡杨林中 / 165

秋天的阿尔山 / 167

朋友要去科尔沁 / 174

长白山上——现实主义的中年和浪漫主义的月亮 / 176

卡日曲的呼吸 / 179

天池边的一丛白桦树 / 183

阜新小镇 / 184

听讲渤海湾 / 187

西安三则 / 189

二郎山·红碱淖 / 193

菩提岛 / 195

滩涂上的水鸟 / 197

沉睡的滦河铁路大桥 / 199

曹妃甸港 / 201

黄河静静流 / 203

天中三唱 / 205

雨中比干庙 / 208

在丹江水库乘水上飞机 / 209

中州古意 / 211

盘石屿 / 213

洛河水之阳 / 215

黄河入海口 / 224

原平又见梨花 / 229

红叶和喜鹊 / 231

一个叫鸟巢的地方 / 233

中国大剧院 / 234

圆明园 / 235

写在周口店北京人遗址博物馆 / 237

后　　记 / 240

北方之南

BEIFANG ZHI NAN

临海八章

临 海

临海三面环山
曰括苍,曰大雷,曰赤峰,曰北固
临海像坐在一把椅子上,望着东海

望着海波间的八十六座岛屿
岛屿,像不断赶来亲近的星斗
像一盘波涛起伏的棋局

无数井

无数的井。无数人家
围绕它们在日子里盘桓
围绕着康宁的时光打转的井

有人说三百多口,有人说
近四百口。就像
人是以多少口来计算的
井也是

无论紫阳井，还是双眼井

无论藤萝掩映的古井

还是因为掉落了柚子

至今沁香四溢的那口

传奇般的老井

隔着咸涩的海岸线

在这里坚持着自己的甜

括苍山

括苍山，好美丽的名字

据说，人只要得到一个好名字

这辈子足够了

你的名字中隐藏着你的基因密码

你的名字高过了任何一座山

高过了绿，高过赞美

高过了我们一行人对你的仰慕

朱自清纪念馆

朱自清纪念馆在临海
——紫阳街,在我们心里
在一篇题为《匆匆》的短文中

此刻它进入我的凝视
我旁边是朱自清的嫡孙
朱小涛先生

确是匆匆啊,一年
朱自清的行文,比他
急切赶往课堂的脚步慢了许多
他来不及写作

五十载生涯,临海的一年
于他,确是匆匆
匆匆是我们每个人的一生

父子四进士,一门三巡抚

紫阳街,城内南门头附近
一个模糊的背影飘荡

他走出十伞巷

艰难又倔强，前行。人谓之
王宗沐先生。长衫

他的次子士琦也在打点行装
去为宦的路漫漫中求索

三子士昌正读孔孟之书
准备修身——没得说
齐家——待观察，治国——

还比较遥远。平天下要看
历史机遇。"万民伞"的含义
都懂。这是临海的紫阳街

兴善门，文广路，灵江，码头
这代毓人文之处，王宗沐先生
在石板铺街的熙来攘往的人流中
与大众似有不同

敌　台

敌台。敌人今日远，昔日近
敌台高耸，城墙似绝壁
不可欺凌之面貌，铁打的胸膛

安静时有雄性的奇伟
和平葱茏，人民安居乐业
炮筒隐忍不发，战旗垂立

临敌时火光鸣镝，骏马嘶鸣
兵士呐喊，奋勇，狼铣渴饮倭寇血
敌台中空，双层，万箭穿空
敌寇一次次败阵，恶浪消退

黎明中的临海国家地质公园

霞光覆盖了这片山野
在我们的视域里统摄八荒
覆盖层状火山岩的总面积
像被不停涂抹着红色
垂直柱状的奇岩造型凛凛凸起
比矗立远望的虎豹熊罴

更勇敢,更镇定,是尚未饥饿时
注视着猎物的那种镇定
仿佛凝固了许久的蓄势待发
在对比强烈的光线中
绿树,也呈燃烧的颜色
卑微的草尽情吸吮能量
大片的宁静与动感,她经历了
无数遍。这种固守与爱
在天地间,在动感与宁静之间

东　湖

湖泊乃一座城中
天心的偏爱之作
临海,得东湖

东湖襟连北固山
山岚雾霭,四时为之倾倒

东湖得湖心亭,半勾亭
花木扶疏中隐藏唐人诗句

琪水园的叠山，叠着无限意趣

爬满牡蛎壳的海礁石
像一种强硬的性格上
开满梅花的香，和柔软

2023年4月

东山岛七题

初识潘凯雄

在东山岛第一次见到
——潘凯雄——
这三个字需要单独排一行

心说这家伙怎么和我
长得有点像呢?
好像他也多瞅了我两眼

是啊!我都快七十岁了
我怎么没早点认识你呢?
世道真对人不公平

你黑发浓密,四海漂游的时候
你一包香烟搠笔万言的时候
我不认识你

此刻我们散步,南门湾的渔船

正把朝霞一网网捞出来

当年我们挥霍青春
生活的靶心有远有近
激情迸射,我们不相遇

而现在,我们
坐在磁窑村的瓷盏边慢慢饮酒

那就一见如故哈
那就只能一见如故哈
揣着所剩不多的岁月的银子
和还能像孩子一样朗笑的人
交朋友

我们仰天大笑的人生啊
我们哭笑不得的人生

一张小方桌前,同样在笑的
还有冯艺,还有赵瑜
还有东山岛欢快热闹的三角梅

风动石

白天的天是蓝的,为什么
叫白天?我正在想这问题
却来到风动石前

让海水更温顺的一种存在
这块有着英雄情结的石头

阿基米德也许来过
曾发出古希腊味道的喟叹

罕见的物理学者
钟爱这片土地的平衡大师
仰望,和空中的暗物质
交换他们之间的秘密

慷慨的七月,太阳流火
一只白色的鸟掠过旁边
旁边有喷着绿色浓雾的凤凰树

相思树花

这是一种何等令人心折的植物
树身上刻着王维的诗句

一粒红豆,足可以要了
一个男孩的命,或一个女孩的命
爱得天地朦胧

她盛开着如此乳黄色的梦
花瓣悬垂,不知魂归何处

她对初衷的坚守
她的不合时宜的执念常常折损

她的不设防,容易被摧残的美
她掉落地面便无法赎回自己

我们的时代,配不配得上她的美
她那椭圆红豆眉心上的
针尖般的一点点漆黑

曾否收拢过

一场奢侈的风花雪月?

磁窑村后壁山道上

文化墙依坡而建。十数丈宽

嵌满宋窑遗址出土的

青釉瓷罐或残片

罐体饱满,有的张开大口喊着

时间啊时间,有的不肯见人

转过身去给邻居背书

残片釉光闪烁,心有不甘

放任山花野草四下游走

沿山道而行,一位挑担人

迎面走来,一阵风正经过

他双肩。好像时光变慢

好像我加入了他们中间

那道旁的瓷人——

他将把粉碎的石粉

送去淘洗，淘洗成泥，细腻

那拉坯者坐姿，仿佛上下其手

施行压、捏、摔、拉的手段

成就了瓷罐的雏形

他太极拳师般

行云流水丝丝入扣

生活正是一连串的大小动作

烧窑人正抱着木柴走向窑口

洞若观火，指的是温度与火候

他经验的多少决定瓷器的品质

我在这山道上似乎也经历了

一次意念的滑行

这些瓷器被装上木船

北上杭州，汴州（今开封），南下婆罗洲（今加里曼丹岛）

千年短得就像一个午后

蝶 岛

无法形容的形象之美
九仙山、东门屿是她的首部
灵动奇瑰的铜山古城足堪夸赞
更前方她的触角般的小小岛礁
持续接收着海天的信息

康美为颈，樟塘西浦形成肚腹
足够的力量支撑她
年复一年地翩飞

杏陈镇、苏峰山为两翼
向西南延伸至岐下渔港的尾部
呈现动感十足的惊艳之姿

百草丰茂，高楼林立
人民安居如缤纷的颜色
这由岩石和沙土合筑的负重之美

在浩瀚的东海上、碧波间
蝶岛，她又在舒展着

一种绝世的轻盈曼妙之美

偶 记

浅浅爪痕中飞出的大片鸟鸣
撒向天际。游船在微波上
摇着最后的几许睡意
初绽的晨曦把月的淡淡
推进马銮湾的臂弯

十里海滩，我和你
你和你，我和我自己

向海的小木屋

向海的小木屋，红色
是渔人许海钦搭建的

十余平方米。灰瓦顶
在湖雅山中。上方一架风车
对面一株两百年树龄的榕树
静静听着诗歌的吟诵

澳角村的渔人,诗人许海钦
每一簇波浪的朋友,诗歌的学徒
罗盘。动力。压舱石。小木屋

梦幻小木屋,环绕波罗蜜
芭蕉,山茶,小叶榄仁树
能量的贮存与发散。沿土路,石阶
与山坡四溢的情愫,汇入潮水

一次次潮汛,一次次潮汛
诗歌与大海,相互为信物

他说:"海风
"把一年的创口染成了蓝色。"
他说:"大海反哺每一条河流。"

渔人从不提生的咸苦
闽南的太阳照着他瘦削的身形

2023年7月

汨罗四首

花海的花

花海在汨罗江畔
初夏,万千花木惜别春天
渐次回到一本书中

玲珑的花,呆呆地不知道
什么叫作"开放"的花
每一朵花都是由
两个半朵花组成的

回到书中的花,比土地上的
花朵更斑斓,更馥郁
并非不能。大地上的春天、夏季
也不会不带着些意识形态色彩

汨罗江向西流

汨罗江由东向西流
像一位古人躺倒,长发披散波涛

像一把剑,指着西方,指着秦国

楚国的宫殿是空心的
怀王是空心的,出将入相的官吏
乱走,朝着自我利益的方向走

那枯槁长者,整理冠服、玉佩
佩剑,正步向着衰草凄迷的江边
走去,汨罗江的深处就是他的朝堂
死亡,就是他的朝堂

朦胧烟雨

一江烟雨朦胧,比江岸更宽阔的朦胧
一位渔父往返,渡自己

雨箭插满蓑衣,风声吟唱
远处的大厦岌岌可危
他渡自己,渡失足落水之人

江水如散落的竹简,字迹模糊
木桨翻花,像在抄写江面的词句

听古琴曲《离骚》

那抚琴的手落上弦索就是绝唱

那弦索二千三百年
缠绕激愤、痛楚,多少人的命运?

被时光抚揉、挤压——愁肠
被哀伤、挫败感、疾病围裹
被欢乐偶尔撕开的一道口子

斯人何人?天有道乎?
天圆地方,所有圆形的事物都是
谜团。方形的四角均是利器
以我之微末,如何承受宇宙之重?
在也痛,而离骚。弦索呜咽

歌者折臂、殒命
听者善恶妍丑,露出原形

2021年6月16日

吴中册页

香雪海

白梅花倾倒于太湖的正月

正月的消息
正融化天道和人道
让天下败给这无边的白

既然你是梅花我也是梅花
那么就

让天下什么都没有
除了纯洁,除了哭泣
除了淡淡的梅的体香

所谓大海只不过比泥土
大一点,动感强些
所谓雪也只是天地间
不甘寂寞的水抱紧了低温

所谓香是人神暧昧的
嗅觉及其通道
覆盖图像，文字，声音

香雪海梅花

尽管其他季候里的
心碎
到冬天才恢复，才绽开

尽管五颜六色的桃李
这么快在吹吹打打中
坐上春日的婚床

仲夏也热热闹闹过去，深秋
也酒足饭饱牵着荷叶的手
睡在湖边，仍然不敢
轻易指望梅的踪迹

梅是玉碎之花
碎了的玉划伤时间的脸
也划破了自己的血管

谁能像梅一样成为吴侬软语中
最坚硬的词？谁能像梅一样
在寒冷中获得如此热烈的收成？

经唐寅园

当是祭拜先人之时
但，不遇

有点怕冷，如此寒天
他还在摇着那把潇洒的折扇

只可远观。其实
远观先人也不怪。先人的台步
已经走得很好，先人一笑
苏州早已千古风流

城市做遥想状，吴山做遥想状
经过，揖别。文采与吴中的丰腴
相对称。身旁美女，被点过的
被偷拉过小手的
毕竟已不是秋香

太湖鱼

太湖的鱼，即使跃出水面
也无法证明自己
是吴中的鱼还是无锡的鱼

吴中的鱼朝西北游
想看看马山饮马，它接近
鼋头渚，搞不懂这位水生的
族类，为什么不肯下水

无锡的鱼，或者依旧是吴中的鱼
向东南飞，苏绣般皮肤光滑
在宝带桥束腰而行

仰首米积山，看这堆得好高的富裕
"拙政"二字镌刻于大咖额头
它吞咽一口寒山寺的钟声，便知
塔下的救赎和枇杷果里的情色

"花山鸟道"

鸟道在吴中花山。鸟道与

石头铺的行人上山之路并行
有缘者，自有接引

鸟在潮湿的坡道上加盖
它的鸟虫篆字体的印章

鸟道在行程"半道"之处
被强调。这满山花草
均来自它嘴角流落的籽粒
包括忽远忽近的"彼岸花"
——含义莫名的粉色
与低吟。在"出尘关"口

有风灌满前贤的长袖
前贤吞云，唱和，不时
呷几口小酒。鸟道旁"石床"
可休憩，可载道，非常道
如何"非常"？"菩萨面"授

上山时是我，下山时已是别人

2018年2月至2019年9月于吴中、北京

滕王阁·八大山人纪念馆

滕王阁

昔日墨迹斑斑倏地耸起高楼

扬子匆匆赶路,抚河赣江
合抱一段华彩无与伦比

眸含星辰,锦绣满腹
引吴越湘楚蜂拥旋转而至
腕下轻抖,已是霞落鸢飞

亿万人爱它六百年,又
七百载,秋风里书页打开

二十二岁的王勃一次次向我走来

八大山人纪念馆

两只喜鹊,不知是恋爱
还是吵架,咬着竹叶

一纵一纵往青枝上跳

大片的乌鸦屏息
全遁入漆黑的碑石

朱奁在一堆土中抬头也不肯

有楝树，代代结苦果
有莲花，憋足了劲芳菲
质感的玉兰不冷不热
檐边的雨水不紧不慢

只把我们推出门外

1999年7月

桃花潭·李白墓

桃花潭

李白我岂能不知
十里桃花,如何排得下
一万家酒店?
即便青阳江能饮

到宣城
早在邀函的书信笔画中
一点,一横,一捺,一撇
况且有上好的宣纸

我李白,带上了
我的黑,我的黑

走天下
哪里不是家?一餐,一饮
一坐,一卧,况且有
臭鳜鱼,有本地的老酒

有我李白的雅量权当凑趣

见面寒暄，汪伦讪讪
我摆手，示意：这算什么
不妨开始林杯论盏

顷刻就迷醉了桃花
一会儿就扳倒了潭水
但谁能推倒这杯酒？

谁能像我一样
把汪伦喝成一首唐诗？

李白墓

所有的墓穴都是空坟

死，只要没被斩首
均可视之全身而退

我的陵，只长青草没有诗

莫须躬身，莫须顶礼
我拒绝一切人间的歉意

我不再借醉说事
我的曾让人艳羡的这支血脉
已经干涸，我的后代
早被浮名贬为庶民

一个嫡孙不知所终
两位孙女嫁作农妇
她们双手老茧，粗服稀粥
她们劳作时头埋得更低

不要在我的墓碑上安放
官帽，钱币
不要向一堆黄土屈膝

2015年3月

薰衣草的江宁

在江宁

我努力把身体里堆积的东西
往外推

呼吸啊言语啊汗水啊泪的
总之是不少
就是没有美眷华堂
就是没有高头大马
偶尔一两声柳哨羌笛
是风刮过我的骨头带出来的
还带着一点血的泡沫

我想模仿些杜牧的风采——
不像；我想借植树节一把锹
挖个土坑——太浅
人间把我的好听话连缀成诗歌
我邪恶的念头被江宁的雨冲走

我就是这样成为诗人的
这世界真的待我不薄

在江宁思想起

江宁的红土丘陵上满是薰衣草
荷兰的、西班牙的，当然也有法国的
普罗旺斯的发音很好听

紫色。因为足够大，它覆盖了
我的意识

因为足够大，我想假如我的身体
成了一张脸，那该怎么办？

苍蝇的翅膀来袭，蚊子的口器来袭
丢了手脚大脸如何回击？
就是美洲鹦鹉漂亮的尖喙
来挑逗我也不可以

在江宁又想起

薰衣草啊，你用裸体来熏衣

人们用装饰修抹自然的美丽
当然，莫曲解薰衣草的善意
除了制造香味，还要做些别的
比如读两页弗洛伊德的书
比如听听音乐
演算几道数学几何题

2016年9月

绍兴：我没见着先生

我去绍兴拜访先生

不巧，没见着

我进了"故居"

先生是不会在这里的

蟋蟀也在墙角

弹琴弹得腻了

一跳，跳进铅字中间

跳进精装书

我进了"三味书屋"

那冬烘先生的拖长的音调

已随门前小河流走

流走的是岁月

流走的是祥林嫂

和那年除夕的爆竹

当然，河水还浸漫着

通向人家后门的石阶

还有菜叶打着旋儿

还有女人们淘米

那些木桌木椅

在"之乎者也"里跪惯了

不肯起来

而先生的思想正匆匆疾走

先生的纪念馆

也留不住先生

周围的房子太矮小

独居殿堂,他不舒服

不过他不曾远离

他没有睡软卧去京城

他步行,跟一位

戴毡帽的老汉

进了摆长条板凳的茶馆

在鲜货市场

在一座刚刚夯基的工地

抬头盼楼厦矗立

偶尔也回一趟"咸亨酒店"

看茴香豆,是否装饰着虫眼

总之,先生很忙

先生不会客

先生总不说话,也没有再写文章

先生还在深深地思索

1985年

成都试笔

娜斯佳在种一棵说俄语的树

娜斯佳在种一棵说俄语的树

桂花树。在洛水湿地公园

还有诗人音乐家安娜

哥伦比亚的李戈,诗的音符

经常从他的画布上跳荡而出

逐渐成林的树木

色彩斑斓的语言的光晕

闪烁沁香味道,在这块坡地间

带有贵族气质的

妮可·瓦西尔科夫斯基

认真填土、浇水

这是热爱土地的方式

西班牙的洛鹎淄,使我想到

谣曲里的加西亚·洛尔迦

娜斯佳挖掘的姿态

专注且优雅。还有

我在北京多次遇到的唐曦兰

阿根廷的白翼林,英俊挺拔

接连几次,我差点把他

修剪整齐的胡须

安装在一位女士的下巴上

李莎种树之后,用手机

蓄满成都的春天

发到叶赛宁的白桦林里

看来和伊琳娜·特诺娃商量好的

德国的雷震,向她的中国丈夫

摆出一个大大的pose(姿势)

娜斯佳正和她栽种的8号树合影

她的名字在树牌上

不断感动着诗歌

辉耀着银灰的风

此时有客家人的歌荡漾湖面

也有不知何处的陶埙陶笛

轻轻响起

在佳酿里遇见万里春光

在佳酿里遇见万里春光

打开它的精美或简单的包装

旋转瓶盖,让酒也随之旋转起来

打开酒窖,打开六百年

佳酿有比酒更深的记忆

它的蕴含胜过所有的诗篇

打开李白的剑气、豪气

张旭的浓墨、飞白

一下子对接了今天的好运

历史的黑暗与光芒

像飞驰的斑马从我们眼前闪过

打开粮食和水。打开那些颗粒、菌群

相互拥抱的元素

水的智慧,它的动与不动

都是天下大美

此时它们的脉脉深情
就灌注在这个杯子里
人生不醉一场,就不是人生

写给在《草堂》颁奖会上偶遇的一位女孩

平静地望着眼前的一切
平静望着今日的天下文章

一个女孩竟有着仕女的雍容

身着唐装的你
仅是个普通勤务人员
在舞台一侧恭然玉立

什么都不如你的发髻盘起

温润的古筝琵琶声
滋养了你的身体

也许观众已经鼎沸

也许，玄宗偷窥子美塑像

在盛典会场角落，以袖掩面

对桂冠不太在意的你

对诵读既不怠慢

也不太在意的你

碎步上前，适时地把一支话筒

从唐朝腋窝递过来

题在邛崃花楸山顶

我紧紧抱着

写着我名字的这棵茶树

像抱住自己的性命

谢谢你一直等着我

你的沁香

必将比我的文字更久远

2023年3月18日

北碚四章

巴山夜雨诗

航班的头部向着秋池
机舱中屏幕显示重庆无雨
舷窗下隐约可见"李商隐"
经长安而秦岭负笈西行
八千里一万里只为一首诗

由此我倍觉对不住古人

在北碚的洛阳桥回望
另一座洛阳桥
千山万壑奔来笔端

经黛湖而鉴湖映出
"王维""李白"的背影飘飘飞雪
而八角井蘸墨满坡青翠

我跟随你由狮子山头顶

而拜香炉

而翻过缙云山就到唐朝

金刀峡

金刀在金刚碑旁

就着嘉陵江水锻造,磨洗

小试,华蓥山耆然

峡谷十里现身

刀锋惊醒时光的一次次铮鸣

雨后虹霓,拔地而起

立斩世间妖孽于月圆之夜

凝熔山城之精气

刀柄隐显,等候勇士,或游人

把宋词裁为上阕与下阕

白鱼石

一条鱼卧于嘉陵江的湍急

我看见一个人,一种牺牲

——替代了我们的牺牲

鱼的鳞片,鱼唇吃力的呼吸

它所有的鳍、鱼骨,清晰

这条鱼说:中国的江,必须

有中国的轮船行驶,游弋

它终于看到了,看到

一座城市——揾英雄泪

我要在心里为它修一座塔

设一个纪念日。我要在心里

把白鱼石称为作孚石

一盘棋的传奇
——故事发生在1941年北碚蔡锷路24号老舍寓所

几天前,博弈进入僵持

几天前,棋罐中

丢失了十一枚棋子

而执黑先行的日寇,仿佛还在

棋局对面磨着凶恶的牙齿

上海，沦陷；南京，失守

将士在流血

宜昌，阻断；粮草，打劫

白棋岌岌可危

混入了沙土的稻米尚不能果腹

老鼠都饿绿了眼"吱吱"叫着岁月

这场分晓未见的拼杀

这盘棋局，犹热未冷

但驱逐强敌之力量在白棋这边

共赴国难之气概、前途

已在白龙这边

今日敌机又在天空张贴膏药

撒野，像歇斯底里的疯子

大地被犁破，房屋晃摇

篾条编制的顶棚豁然开裂

炸弹般的七枚黑子，掉落

四颗白子，寓言般随之压下

在棋盘的战阵中

黑棋完败，白棋惨胜

2019年9月27日

写儋州

从森林客栈到东坡书院
——距离之诗

从森林客栈,大巴车西北行驶
过去十分钟,又过去二十分
远。心情迫切,时间难熬
"远"字的一捺真长啊
不知当年东坡的竺鞋如何受用
热带的阳光如雨倾泻

远,距离那温度适中的满腹经纶
路旁笔挺的椰树、小叶桉,掠过
风翻动树叶如翻书,天气晴好
几朵满口白牙的云很合时宜

悠悠行过东坡书院的顶部
经头门、廊庑到大殿
先生话语,苏过伺立,黎子云
点头称道。耳房在听,载酒堂

轻漾"一樽还酹江月"的诗句

同是圣贤书,我读罢还给圣贤
你把圣贤读成了自己
咫尺之间,天地何其邈远

儋州中和镇东坡井
——成佛之诗

东坡明白告诉我
他是在儋州成佛的

赤壁旁边的多情华发已断根
揖别朝云久病后惠州的新坟
谪徙的路在汴梁城门的冷笑中
继续向南延伸。风,游走于草莽
轼六十二,过——二十六岁的搀扶

即使是中和镇最简陋的桄榔叶
盖的茅屋栖身,也不戚戚而唱
《茅屋为秋风所破歌》
也心止如浇园之水。几块薄田

葱茏绿色缓缓转黄为果腹之食
让"草盛豆苗稀"的陶潜很服气

放下胸中的刀剑与块垒
礼部尚书彻底成为农民,成为儋州
一撮泥土,就成佛了
就不能不成佛

在井旁汲水弯腰的刹那成佛
在捡柴、挖山芋的倾身中成佛
面对火山石的黢黑矮墙,立地而成
父子同炼龟吸法,在餐风饮露中
辟谷——和人间能够划清所有界限
如何不是?成佛

桄榔叶茅屋辟谷
——天籁之诗

盘腿而坐。盘腿
"盘古"的"盘"
如山盘石,树盘根
鹰盘旋于它空中的领地

左手放在右手上
眼观心，心观脐，气沉丹田

混沌的门无声开启
逶迤的峰岭、城墙
都离澎湃的大河不远

千万树木，把自己打扮
成不同模样；走兽飞禽
戴着面具跳舞、觅食

我看见昆虫唱着歌
陶醉于纤小口中拉出的丝线
露水里藏着深深的洞窟

我听见一只斑鸠在树叶的
斑驳阳光中呼唤伴侣
一群鸭子用脚蹼划动春江

整个自然是为欣赏和聆听
造化，你心中爱的容器多大

就有多少当下的美属于你

我还看到了一袭蓑衣
看到更远处的人,蓑衣也没有

写在古盐田

我把大海拖上岸
哪怕只拖上来一点点

那黑黝黝的火山岩垒的盐池
就是我黑黢黢的双手

太阳啊我的老父亲
是你把我所排斥的咸
变成我身体所需要的盐

我拖动海水的姿势
就是向大海和你致谢的姿势

2017年9月于儋州、北京

海边上
——博鳌国际会议中心

身边的大水,御风退去
穹庐顶下面,我们聚集,我们开会

我们话语滔滔。我们讨论
我们拎着、背着的棘手问题
一山放过一山拦

国际,国内,云霭飞渡
我们磋商,外交,经济
饥馑如何消灭,战火能否
灭掉,或者减少些火势

股市,贸易,价值观。甚至
语速,口型,得体的姿态

天马行空或锱铢必较
我们自信满满,认为自己
是自己的主人,甚至可笑地
想做别人的主人

涨潮了。听。必须听
大海在发言。让我们静心屏息
我们像月下草木般噤声
听大海发言我们应该全体起立

仰望天空,仰望天的宏阔
大海,施与我们的财富
是我们有福消受的十倍、百倍
她的爱,温暖,仁慈
施与我们,具体而微,无所不在

2020年10月15日

新叶古村

用新叶古村的秤盘称星星

这片土地,这片相对偏远
的土地,能否相互唤醒
回忆或疼痛?决定了土地和人
之间,能否进入对方的生命

新叶古村,北纬29.34度
东经119.34度,面积约27750亩
新安江从不远处缓缓流过时间

新叶古村,形状如船的古村
如秤盘一样的古村,以
文风塔为砣。古老族群的人们
用新叶古村的秤盘称着星星

称祖先的星光、亮度。他们
赞美这亮度。称象山、狮山
天聋地哑能否翻出新词

九宫卦象布局的200座明清建筑

文昌阁，儒释道并行不悖

进士第，古村人才如溪水般

源源不断冒出来，今天

明天一定会结出丰硕的果实

他们在称坚守的价值

土地不让流失，定力也不能

古村的道路连着天下

外乡人留心脚底打滑

状元笔

这支小男孩胳膊粗细的笔

悬挂在古村的"人中"位置

这支笔图腾般享受供奉

这支曾经象征劳动的笔

古村千百年的老少村民

大脚小步朝它奔来

有时走得慢，有时快

传统照耀着它

乡民的自豪感簇拥

建德市宽阔的荷映路

映着它。虽然状元笔

三步之内的注脚中,还有

那个又丑又有点跛的魁星

以文昌族,其高度与族群

对儿孙的期望平齐

四尊大神一个比一个有底气

和玉华山、道峰山相对的

当然是清癯如书生的抟云塔

——那笔尖朝上的状元笔

星星繁密

笔头开花也许就在不经意间

在古村小剧场听草昆

仄仄的街道,房屋似乎有意要

贴得紧密一些。草昆

转了几个弯就传过来

昆曲杂糅婺剧，在新叶四方塘
飘过几个来回，就浸泡了
建德的味道、草的味道

是一位农妇在唱，站丁字步
比较白素贞来说颜值相对客观
许仙的态度倒无须特别关注

她字正腔圆，介于业余和
专业之间。她在声音里动作身躯
婉转自己的情感。白蛇的善
和无奈，总带些浙西人的审美观

她唱，高音的曲线勾勒
整个建德的边缘。象征丰收
与祈祷，奉献和忘我
在剧场墙上轻轻摇摆的
玉米、稻谷在应和

这便是草昆的不可取代之处
三五个乐器——叫得上名

叫不上名的抽拉调和那肉声

文风塔

文风塔七层六面
隆庆年间，整整修了八年

全村人集资，不贷款
卖了稻米、玉米、瓜果
或在外面拾掇小生意
拿出钱贝，修文风塔

不着急，像真正的文曲星
那么从容，每年只修一层
堆土法运作，腰檐细细雕琢
旁边请来了土地公公
土地婆婆做保护神

俊美的文风塔，把一个
难以企及的"好"字
举在人生最高处
姑娘早起，抬头

先望玉面郎君似的

老者爱着想着自己

有出息的娃

2019年5月

长江边

折扇上的沱江

拉开折扇,沱江就在面前展开

水声扑面,清风习习。她的安静
辽阔,她对土地的哺育。她成为
诗歌的营养与灵感,世世代代

她的蜿蜒,抖动。土地的起伏中
诞生诗人。我的朋友——那曾在
水畔做挑夫的艰难迈步的
张新泉;那使柠檬的汁液甘洌
拥抱整个季节的傅天琳大姐
已是泪眼蒙眬

雁江边的流沙河前辈,像他笔下的
蟋蟀那般,跳进历史深处
此刻他们一一归来,沿江边走笔资阳

孔子未必不能向苌弘请教音律
西汉的铜马车,未必无法在
成渝高速路上超车。沱江
除了太阳,她都能滋养

沱江就是雁江。大雁云上飞
淡淡的,为蜀中的天空描眉

写在宜宾"零公里"标记处

几乎没感觉到这里
和江南水乡的别处
有多少差异
除了魅惑人的酒香

在这东经103°36′至
105°20′,北纬27°50′至
29°16′的地方
绿色奢侈,许多枝头还点缀着
耀眼的花朵,一点都不严重

蜀南民居前,逗弄着

孙男娣女的老婆婆

合江门广场上的风筝

在风筝带着弧度的斜线下

穿梭的滑旱冰的孩子

燃面小摊周围的脑袋

左摇右晃吃得心无旁骛的

食客。"长江头"大船上

飘出煎炒烹炸的味道

三江交汇搀扶

像醉倒的壮汉仰卧

敞开宽大的衣襟涛声入梦

地标在太阳下扬扬得意地发光

白塔在江边遥望，若有所思

怀古？很远啊，比秦皇更远

忧今？从各拉丹东雪山

沱沱河过来——零公里

游客们到此就发感慨

万里长江。学子们天天

背诵——宋朝，黄庭坚

涪翁诗文，九曲流觞里

的杯弓蛇影

谁是宜宾最幸福的居民？
那浪间的鱼群？水面的红嘴鸥？
竹海上一枚叶子的笛音？
谁是最伤怀的游子？
你，我？
我们同时举起的杯子？

宜宾，可是最适合你我
最善待天下宾客的啊
遂不忍想起明日
告别的路已经四通八达

江之头的风

江之头的风，端一杯宜宾的酒
下泸州，酒气愈浓先醉重庆
重庆的丛山，一个个台阶
到涪陵，未及尝一口小菜
就去万州，当年李白登舟起锚之处
捋髯而唱

宜昌的昭君妹妹正在豆蔻
荆州在关云长刀下
瞬间而得，瞬间失去
武汉的黄鹤楼凡夫俗子们
来来往往。鄂州，黄石
笔画匆匆，东坡临江
书写千古流芳的佳句

九江，应是长江孙儿
安庆的子孙，如何不能
成为今日的大亨绅士
据说铜陵学子志在天下
何止芜湖？已近纤纤素手
采菱的地方

南京城头旗帜六百年更替
也就是三杯五盏的工夫啊
多少诗篇
碎在黄浦外滩的沙滩上

2018年5月

洗耳泉边

北斗七星,天上神仙的
聪耳之器。天下的尧帝
一心禅让。许由逸走于此
洗耳,以证自身清廉

个性使然,并非作秀
贤者闻言是后来开悟
大道兴则言路开
恭听,兼听,聆听
听者有意或无意
洗耳的故事由来已久

面前的许由,已变为
河边的石像。喝水的牛
还活着,在石滩上
把一对犄角磨得雪亮

2018年10月于黎城、北京

海南的椰子

涌

大海的浪花,开放
镶着蓝边的花
在阳光下,绚烂
开放在涌的肩头

涌,向内翻卷
她的力量。像一个
巨大的胸腔

蕴含着满满的爱的大海

敞开,收缩
托举海豚,鸥鸟,渔船
万吨巨轮,冲浪的人
荡漾于海天之间的
欢笑,惊叫

海,有时也收回这些

——所有。这都是

她的财产。都是她的

热烈的三角梅

龟背竹总往阴凉的地方躲

三角梅哪怕在远远的山坳里

也要张扬她的情感

朱蕉的衣装,色彩夸张

倨傲。三角梅穿着

乡下女孩的花裤子

火辣辣地迈步

你尽管觉得她有点招摇

她在嘲笑挂着

"珍稀树种"胸牌的尊者呢

她在爬墙探看隔壁的

学生哥哥呢

那些匆匆过往的观光客

她才没工夫搭理你

在铁刀木前

和铁刀木交个朋友
是个男人就该这么做

坚硬的躯干,站着
或者叫挺着,熬着
不立正也不是稍息

在海岛的岩石间
肩膀扛着海上的火焰

铁刀木,铁刀木
自身是刀锋也是刀柄
任凭时光上下其手
目光平视着海面

椰子藏在椰子壳后面

椰子藏在椰子壳后面
我还是认出来了
是我的母亲
我怎么会认不出呢

我走到哪母亲的挂念

就跟到哪,即便我早已成年

椰子藏在椰子壳后面

我还是认出来了

是我的爱人

我怎么会忘了呢

她早说过要随我到天涯海角

她美丽的乳房养育过我的孩子

椰子藏在椰子壳后面

我没能认得出来

但却知道,那是这个世界

突出的部分,是

带着苦涩的幸福和爱

那些我曾愧领的幸福和爱啊

像潮水在我身体里蔓延

夜宿日月湾森林客栈

睡不着

已经半夜了。还要挨半个夜

原来人每天都会
沉入忘却,沉入得这么久
比夜还深

海踏浪,脚步加重,一点点
靠近,像唤着谁的名字

庭院里海天一起涌来
日月湾,仍如白天那么自在
那么美,花香朦胧

椰子。椰子灼痛了我的眼睛
椰子后面,母亲的面影
微笑。什么都没说
又渐渐隐去,隐去在岁月身后

椰子,椰子
你比她离去时更年轻

2017年4月于海南日月湾归来

在天姥山忆李白

若论对李白推崇
无出杜子美其右者
白也诗无敌,飘然思不群
艳羡之情昭昭。他如何又说
众皆曰可杀,我独怜其才呢?

当时一众人等,均属大咖级别
七步成诗亦非难事。众人
文学抱负晴天朗日,直挂云帆
声名你我伯仲间,蜂拥而进
岁月渐长却不免脚力不济
眼神不济酒后习惯性打瞌睡

抬望眼,那谪仙人依旧少年
衣袂飘飘,高处独酌无相亲
太吸睛了。且舞剑,速度之快
接近专业水准。教人眼花缭乱
全不管侪辈想象力已丢三落四
只能在现实主义马车上抱团取暖

杜甫心态复杂,有从众之无奈

不知是否还掺杂一丝窃喜

目视那白也大袖一挥,落雨纷纷?

2020年9月4日

太仓诗

郑和与浏河镇的月光

月光与浏河镇高矮的建筑
有着恰恰衔接的曲线
如若丝线一般的是千年前
的老旧蝉鸣。四下弥漫寂静
郑和统领的船队已浩荡启程扬帆
弄堂的幽奥通往历史深处

浏河口,太仓,自古繁华无尽
人云:太仓实则天下足
长江入海前,顾盼生姿之地
命数。六国渡口,郑和七下

朱屺瞻的墨彩映照石板小路
明清三状元回归故里切磋
博学鸿词科,文昌阁
梅花草堂的吟诵或丹青
婉约,雄壮,伴之以

三宝太监千樯万橹的嘹亮号角

让我们与笃笃打更的梆子声

对时，让太仓的月亮从表盘上

窥见今日的世相之面

永乐的工匠，44.4丈（148米）长的宝船

码头，人的退潮，水的涨潮

无不在天妃宫的殷殷关注之下

邢少兰笔墨中的太仓

不惶让汴京（今开封）的清明上河

从北口牌楼，到上浮桥

范公亭边听孩童朗读

《岳阳楼记》的篇章

郑和此时是西洋几下啊

经占城（今越南南部）、暹罗（今泰国）

爪哇（今属印度尼西亚）

古里（今印度西南部）

忽鲁谟斯（今伊朗东南部）

及东非各国赐其王锦绮纱罗等宝物

用两百多艘船舰给大海压惊

太仓的夜晚是若无其事的静谧
昆曲大戏首先从这里搬上舞台
我在一个土台下面回应
复社张溥的演讲,江左梅长苏啊
你的折扇上,可又新写了
折服纳兰性德的诗句?

哦!比这更早,郑和的舰队已经
护送南亚诸国使臣回家
顺便剿灭了那敢于冒犯
天威的海匪。澎湃激情,任凭
光光的下巴感受着海洋的凉意

浏河口,过明德桥往东
吴健雄故居——那位加州大学的
中国女生笑靥如花,轻轻接过
世界极品物理学家头衔——
这才是不久前的事情
她的家乡的梦中,一位
叫杨新的德国帅哥正
悠悠吹响,把竹笛的情愫

吹给太仓的夜晚

多少浏河口的庭院,走出过
人中龙凤,此刻的池塘
也许郑和七下还在回程
他顽强地要把礼物送遍世界
开读赏赐,远者宾服
那时哥伦布再等待十八年
就可以摸到桨橹了
麦哲伦厉兵秣马地正准备出生

当年在海上
——纪念郑和下西洋610周年

当年在海上,郑和于旗舰甲板矗立
旗语传递中紧跟浩荡数百艘大船
海水一路被压制,桅杆在汪洋里
种植大片摇动树梢的"森林"

郑和胸口位置纯金的圣旨
他的视力释放海面最强悍的大鸟
那雕栏玉砌的西墙阴霾已过

马蹄远去，皇帝怡然开始了
午睡的功课。之后他
踌躇满志地推开南向的殿门

南海，船头尖锐像君主的意志
还好——用今人的标尺衡量
——也许，那意志相对柔软
平和，虽然免不了带点
鄙薄外夷的轻哂。说三宝
你带些宝贝去别处瞧瞧
看有没有新鲜东西换点回来
让洋人伸长脖子仰视咱天朝

两万七千余水手划呀划呀
这些常常就着台风下酒的水手
他们劲健的肌肉注定
要消化在一本经典册页中
五万四千多条屈伸有序的腿
死死抵着命运。他们
灰色粗布衫被撕扯成
遮云蔽日的海鸥，起舞不休
把汇聚了无数江河的苦涩与

美意的大海弄得有些疲累

这些有妈祖保佑的船工水手
这些领命后先去天妃宫
祈福的太仓庄稼人
浪花举起水手心中的白
船腹中的铁锚等待伸展指爪
新船木材的香味和油脂气息
将被带向暹罗三宝禅寺的莲座
爪哇、古里的码头
卸下东方绵延不绝的青葱山色

世界四面八方的钦羡投射在
舵手的青铜皮肤和
经卷、玉器和随船僧人的
高声颂祷上，英国女王
从此培养了下午茶的习惯
至于鸦片战争、八国联军的
鼻孔朝天的扮相他们当初
想都还没敢想，浏河口出发的
水手当年在海上回望家乡

望穿海域，悠悠六百一十载

南　园

斜斜的小雨已先行到此

还有我仰视的那位董其昌先生
当年他一眼就认准这
有灵气的所在，题匾"南园"
这两个字比他的很多字都帅

还有荷花向着廊桥踱步
树林草堂为首辅静静背书
梅花如期开在王时敏笔端
江南少雪，因而绣雪堂
两三年绣一回

还有大家发现
四面开窗的鹤梅仙馆
"鹤"上的"鸟"飞走了

还有与我同行的诗人雨田

一身居士长袍接纳雨中诗韵

长髯足可在秋风中

打扫满园落叶。他的方口布鞋

不时在积水间大步小跳

2015年7月12日—2017年9月28日

在九华山遇梅丹理先生

抬头，看见一掬温和的笑
围绕在一个大鼻子周围
目光移动一点九米
就看清了梅丹理先生

梅丹理先生在看——九华山

用他那"准佛教徒"的眼睛看
用他曾经虔诚打坐五年的腿脚
向九十九峰登攀

标准的汉语，"求佛保佑"
不大方也不小气，随喜功德
大愿宝殿布垫上跪得端端正正
一拜，两拜，三拜

爱读中国诗的梅丹理
李白、杜甫、白居易
虽然他们不晓得西雅图

爱吃中国菜的梅丹理

石耳、竹笋、臭鳜鱼

从没提过麦当劳热狗与咖啡

我们都奇怪他怎么那么熟悉

陶渊明和孔子和池州的傩戏呢

他甚至还是周易研究专家

这位可尊敬的美国人

这位准备在中国继续住下去的

梅丹理，"君问归期未有期"啊

一脸幸福指数很高的样子

喊我给他和倒爬墙的小石狮子

合了个影，竖了竖大拇哥

他知道自己很棒

他说他是热爱九华山的

2012年4月17日

在太湖想黄河

惊奇于太湖的美

我才恍然醒悟

我是该回去了

回到那一望无际的平原

回到那裸露着胸脯的黄河岸边

接受那风沙的灌溉

像一匹马那样,负重,坚忍

难怪这些天

我的粗犷总和江南的细腻

摩擦

我是习惯了那风沙猛烈的温存

习惯了像马一样地

举步,或者狂奔

习惯了让工作

无情地抽打我的后背

如同黄河,嘶叫着

把那贫瘠的土地

拉进一个个接踵而至的年景

那里有我的羞辱、有我的欢欣
我的亲友，甚至敌人
我不能冷落了他们

我必须置身轭下
累得气喘吁吁
我的呼吸才能够平稳
我必须回到
连诗也顾不上写
连快乐也需要抓紧时间
那以严峻和慈爱
层层包裹我的我的小城

在这里，我被
这长亭短亭的清雅
这无牵无挂的悠闲
弄得不胜疲劳了

1985年于郑州

啸　台

记不清是哪个朝代

记不清是哪位书生

或者一个书生跟着

一个书生。沉吟，在断崖上

面对枝枝叶叶

大千世界。大佛耳鸣

一股气血以它的惯力

以巨大的落差直抵咽喉

发出凄厉之声

四周的土地云卷而来

卷着诗书而来。四周的烟波

啸叫而来，卷着饿殍而来

忽然停止，忽然安静

忽然将他掩埋

忽然将他剥离干净

忽然他像重回婴儿之身

忽然他的冠冕、衣饰

四肢泥水一样消失

只剩下错落的牙齿

裸露在身躯的悬崖上

啸叫，世上的不和谐音

非乐音、噪音，能使人

五脏六腑不适的声音

从他的口腔奔腾而出

这座山陡地下降了七尺

又升高了七尺

一声声，像刀削面

像竹子削成的利箭

像温软的呼唤，像羊的咩叫

像狼招呼同伴，像病入膏肓的

恐惧，像凤凰啼鸣——

像文雅的辞赋所形容的那样

那一年的树叶夏天就掉了个精光

那一年的冬天暖和，那一年人们

眼睛里开出花朵，周围的罗汉们

一个个找不到头颅。但是啸叫

明知道若干季节之后,比如今天
这里是个卖门票的地方
明知道医生和诗人走过去
都没有看出来,听更其艰难
人们明知道装作不知道

啸叫,从嘴巴到嘴巴对着的地方
的梯形的啸叫
圆圆的眼珠一样黑白分明的啸叫
啸叫,被各种鸟鸣稀释的
啸叫。凤凰就是什么都不是

我听到的是它的粗粝
绷带绑着沙石般粗粝的音符
和它旁边经常坍塌的土坡一般的
被长疥的手或美如柔荑般的
手抚摸或掐折的音符,是美丽的

它的被有意或无意忽略的
由高分贝逐渐变为低分贝的响动
历史并没有消失,有时像暗器

今天我在一些微小卵状的
叶片上，那些舌尖状的
叶片上看见它们，震颤，嗡鸣
我的脉管早已血流成河

2013年5月19日于访荣县啸台归来

安顺的金刺梨花·时光回到旧州

安顺的金刺梨花

金刺梨果的姐姐金刺梨花
打前站来迎接我们
白色的笑吟吟的金刺梨花

她后面的金刺梨果是众人
踮起脚尖的隐隐期待——
如同花托。植物学、营养学
打开新的一页
接近她,诠释她

金刺梨和人们交换着友善
她内心的丰富,鲜美无比的口感

金刺梨果正在身上
披挂很多的尖刺。她像
拿着一把铁梳子的姑娘
——这世界的确过于平淡

还有些突如其来的危险

那花朵正在长成她的妹妹
拿着铁梳子的金刺梨果姑娘

时光回到旧州

足音敲打石板路
隔一条街
是手指击打键盘的声音

隔一条街
外卖小哥摩托奔走
旧州的波波糖
与守夜的灯笼兀自悠然

在那系得有点紧的蝴蝶结上
时间。唐诗的诵读声中
我看见一溜浅浅的牙印

对联、门脸后面,青藤扒着
薄石片圈成的院落低唤老酒

这熟悉的醇香味伴我

轻轻走回自己的前世

前世的晴耕雨读

可不似这般费神忙乱

摄入。回甘。怅怅

铁皮锁圆孔涩涩扭动

就像在心上慢慢地拉锯

2019年5月22日

走江油

航班在云端,银河落在下界
气流,机舱内的各种发型
轻轻摇晃,微醺状态

飞机以醇酒做燃料

钢铁的双翼朝着绵阳,一个
叫江油的所在。沫若先生说
也许应该去唐朝碎叶城
那里才是李白老家。顾颉刚

先生辩道——非江油莫属也

问问李白,一切就大白于天下
而门环轻叩——主人不在
本来我们要给他一个惊喜的
事先短信没发。原来李白出门
访友,也是要给朋友一个突然

他飘逸的舟船,不知何处山水间

但李白的家门似乎永远敞开
每天的宾客清风明月,往来无碍
端的是坡地青青、山峦也灵性
涪江像斟上满满的清澈美酒
人们来去,莫不仰天大笑
那些落寞、失意的云絮
被江油的风撕得一片一片

天地之大,足够你我去留

就让那匡山如屏迎接你,就让
那太华的葱茏浸润你。雾山有雾
不然你一眼就看到透亮的我
那座叫"佛爷"的喀斯特溶洞

如同一只镶满宝石的酒杯

李白的狂放通向四野八荒
李白谦虚时同样一派憨态
他说如果生长于斯,磨针溪上
你也能把针磨出光芒万丈

——多么让人提神的鼓励！

读书台四周围拢翻不完的书页

李白，我们的先人，值此春夜
你正在何处庙堂上高声吟哦
声动河汉，提笔点石成金？
或在哪家农户的木桶里沐浴
我梦见你每次洗涤、擦拭之后

就又一次变成人间的婴孩

床前明月光，光晕中横放一双
千层底靴子；明月出天山
天山的神兽玉鸟姗姗舞蹈
贵妃如花的容貌已经凋谢
她只好赶快回到你明媚的诗句
才能继续享受历史的青睐
你酣畅的笔迹犹有墨香缭绕
天宝年间的极盛若缺了你

只能被称为半个帝国

民族的选择,命运的锻造

天成就兮非人力可为

你身无分文以天下为财富

无用之用使人间受益。我看见

你在蜀道开始的一千零一次历险

路过汪伦的桃花潭边

从"警车"开道的车上溜下来

没人晓得"警车"开道的是一辆空车

你的行为只为了一件事:行走

你心灵中只有一个词:渴意

人生,在前面;诗歌,在胸襟

你的年代,把一草一木藏进家国大典

我们有生之日,想把城市的污染

用肺叶来吞咽、过滤干净

谁在计算机的牙缝中挑剔别人?

谁在用别人的影子抽打自己?

我们今日来窦圌山

这崎岖文路上做吸氧运动

查看这茂林修竹有多少养分

供应你短吟长啸的千百次吞吐

你在哪里豪饮,举起力拔山兮的

项羽也端不稳的巨大杯盏?

李白,你这农耕文明的顶峰之作

孤单笑傲。我能否在金庸的书页中

雾霾弥漫的楼厦之巅

隔着峡谷与你对望,于月圆之时

盘腿打坐,口吐虹霓,手摘星辰?

你的我的电话因为遗忘所以忙音

2017年6月15日

我欠了平湖秋月一个良宵

我欠了平湖秋月一个良宵

良宵

腼腆地为自己的丰腴

羞羞答答的南屏晚钟

悠悠地轻敲

之后，三潭印月

拖着长长的影子，缠绵地

拉着一轮皎洁的云裙

不放她走。我们走着

把自己与前人的诗句

沿苏堤尽情撒向

微斜的柳枝

你，你呀，朋友

带一枚西泠印社的刻刀

和弘一大师冢前的

《空山鸟语》去京郊

你，你呀，朋友

灯影之外，你的《病中吟》

你的《独弦操》

还在银杏树下飘绕

我欠了平湖秋月一个良宵
良宵
粒粒星斗压低小桥
良宵
沿河岸往虎跑，小孤山下幽径
六和塔聆听钱塘江潮

你，你呀，朋友
还是在京郊
一只墨瓶忽然倾倒
你，你呀，我的朋友
点染皴擦，五指并用，左勾右描
奇迹般地
墨瓶倾出了一树梅花
你说西湖边上的蜡梅
开得正好

可是为什么
一缕忧思，悄悄
摇摇攀上——你的眉梢

我欠了平湖秋月一个良宵

许久了，不见信来

不见耸眉哀叹

不见信中你莫名的烦恼

据说莫名的烦恼

已逸往莫名的去处

今夜的西湖有几多朋友

轻舟握棹

抑或，你正将平湖秋月的良宵

平平静静地

独享

1985年3月4日

我会忘记你的，南宁

我会忘记你的，南宁
假如南方的燕子
不到北方来做巢
成为这里的主人
假如我不曾到南方去
去作客
我会忘记你的，南宁

假如我不是带着新奇——
一个多年的旧愿，兴临那里
假如那里缺少相思树
王维缺少《红豆》的诗句
唐朝缺少王维
假如我别后的回忆
不日日在天桃路上漫步
我会忘记你的，南宁

假如秀美挺拔的蓬扇树
不扇动，木瓜的香味
假如那半熟的木瓜
不曾探出隔壁的墙头

窥视我住过的小院，并想望
我久居于此的大学
我会忘记你的，南宁

假如我那时的邻居
满口"白话"的北京老乡
不曾说"再见"
假如那荔枝和龙眼
不希望我七月再来
我也不希望重觅旧踪
假如希望对我敛回了她迷人的浅笑
我会忘记你的，南宁

假如南湖的落日
不同时浸染北海的柔波
古长城——伊岭岩
不复有雪片般的信札穿梭
假如冬泳亭与琼岛的白塔
不在同一个穹隆底下
假如思念无法飞越千山万水
我会忘记你的，南宁

1982年6月19日

岳阳楼边三记

岳阳楼记

范仲淹在远远的河南邓州
沐浴正冠,焚香端坐
提笔落墨。朝正南方向
怡然写下《岳阳楼记》
所有人都夸这篇作业
完成得及时且曼妙
据说文思涌流一气呵成
拥雄居高,悬挂于此

四野形胜,丛山围拢朝拱
星宿为之排列有序
月落乌啼。伟哉斯楼是也

举目望去,满篇贤者情怀
我看到一个硕大的金叶子
——模仿菩提树叶或船帆
可惜不太像——

正面"忧",楷书,横平竖直
断非轻描;反面"乐"
也非淡写。煌煌堂堂
教化之用岂敢儿戏

我比照两个字笔画——繁体
——相同;两个字大小
一样。它们定然是商量好的
谁拿谁都没办法
志士仁人纷纷然
唯诺,而三月不知肉味

记叙,题壁,再拜,回想
锦绣文章做不尽,做不够

他们上楼而忧,弹铗放歌
他们下楼而乐,快活逍遥
忧乐之姿变幻游走
历史的真容,世纪的倒影

八百里洞庭,八百里月色
汇聚高台四面临风

荡漾不已的是我心深处

一千六百里的五味杂陈

有酒满樽，有饥肠辘辘

兵车碾压、城乡坼裂

有形销骨立，有大腹便便

有半部书能遮盖

一部文明史的脸面

明君昏君，庙堂轮转

江湖起伏有致

唱着今昔何夕的大好诗句

还是滕子京同志，明白人啊

于起承转合辞藻间

多做少说，至少不妄议天下

远离贬谪、非议。他

铺开图纸，把地形地利

条分缕析。把土木泥瓦之事

丝丝入扣细致料理

英雄何处？何乐何忧？

时光奔跑的脚步，何太急？

范仲淹秉持他古老的武器

我有我的华为手机

接通你的、我的,还有其他

不知道什么人的信息

我认识那只麋鹿

我认识那只麋鹿

那只由于常常低下头

啃食嫩草而

肩胛骨微微耸起的麋鹿

它的眼睛把自然清洗了一遍

欣悦地接纳蓝色的天空

我认识那只麋鹿

我想起我的妹妹,善良

温顺,做事多、话语少

当然她也要向麋鹿学习

——别在忙碌了一年之后

忍不住辛苦发一通牢骚

大喊几声

这麋鹿习惯在救护站的

院子里盘桓,它熟悉以前

那只常常为它托着奶瓶的手

它已经当妈妈了有时还

朝工作人员的怀里拱几下

我妹妹小时候喝的牛奶

可没它喝的牛奶多

在东洞庭水草丰美的地方

它随意惬意地四下打量

生活是美好的、世界是安全的

万物平等,我想人类在为

法律和道德划界的时候

一定有麋鹿的呦呦声

和弦其中。我认识这只麋鹿

你的家在这儿

有时我却是个迷路的人

覆盖东洞庭的鸟声

一场鸟类的音乐会

在东洞庭举行

数十万个鸟儿的胸腔

白鹤、白头鹤、黑鹳

大鸨——鸣叫如木器击打

中华秋沙鸭、白尾海雕

白额雁把一个圆点顶在额上

它把脑袋从湖边伸出来

就像对着大家喊了一声报到

不同的乐器,不同的声部

平滑在水面,高亢于昊天

江豚不时露出孩子般的笑脸

不知道它们的巡回演出

下一站是哪里。小天鹅出发

——这"王子"与"美女"的团队

一路高唱和平。它们的羽毛

虽无法覆盖黑洞洞的炮口

却也使那冰封的心灵

稍稍有些松动

2019年7月

如此古镇，如此黄姚

我相信在此必会遇到一个和我
相仿佛的人。黄姚的老屋子低矮
因为它长者般内敛、谦卑
黄姚的天空就比别处更高更敞亮
我借助航拍的视角，数百座建筑
拼接一千年历史。成群的马头墙的
曲线，拼接无数的瓦砾，活版的字盘
一片瓦覆盖一个汉字，一个汉字
推开一扇窗户，引来鸟鸣阵阵悦耳
豆豉——黄姚之宝，缺了它，皇帝
曾食不甘味。它在这里多到有点
炫耀的程度。它从北京、南宁、桂林
等等的机场，从品牌回到家乡小贩的
简单的货架上。门前三百年的青石板
微甜的在平衡、平复人间的焦躁。古镇
不慌不忙，心无旁骛。它用漫不经心
与认真专注两种笔法同时书写自己
数不清的民宿。干净清爽的小院，花卉
绿萝掩映院墙、门楣。门口小木牌
中英两种文字写着，店家手机号码

写着,"主人出去浪了,秒回。"
"谢谢亲亲的你,来我家做客。"
"你来了,咱就是一家人。"一只黑狗
大大方方和客人合影,一只白猫
把爪子伸进玻璃罐在数罐子里的花生
还不好意思地朝路人瞅瞅。两扇木门
叫进士第,一家客栈叫幸福里
四季的三角梅。昭平红茶正青青
象棋山前烫洗过的杯子在等谁?
真武山,笔架山。酒壶山顶,一朵
狭长的云如羽毛,谁将收到锦书?
季节摸到一个硕大的南瓜,顺藤摸去
摸到了下一个。小伙的长鼓已备好
姑娘惦记着不远处的三月三。清晨
被街道掰开,米粉的香气丝丝穿过
金德街、迎秀街、连理街、龙畔街
那对昨晚最先亮起的灯笼,早晨
最晚熄灭。那欧洲女子拾级而上
店铺主人背后的孩童,歪头望着她
如望着一本新书。窄窄的街巷上方
每个人享受着自己独有的
那份条状的光芒。溶洞中的男女

惊讶于灯辉里炫目的性别。饭馆中
品尝者和梅子酒恰似两个生词的惬意
的巧遇。镇边无数峰峦是长寿乡的
耄耋长者。垂钓人似睡非睡，等世间
的喧嚣慢慢降落，等待往事咬钩
东门边的院落，奶茶、杏仁茶、柠檬茶
与各式西点的小店铺，那盘巨大的
石磨下面压着星星。我乘坐
中山一号游艇，观两岸山色、楼房
蓊蓊郁郁的植被，那里正有几只
褐色鸟儿唱着，它们小小的口喙挑动姚江
你可知古镇的古？她的什么形状
与温度的教养绵延至今？从时光中
掰下的方言？古镇原居民的交谈
或许一句也听不懂，你却听见了歌谣

2020年11月底至12月初于黄姚、北京

佛山之献

客家智慧
——在广东河源写给客家人

也许当初
客家人从中原迁徙而来
只是声称
自己并无久居之意
是对原居民的一种感激

但他们谦卑地呢喃着
无意地、只是顺天应时地
竟说出了普天之下
一个阳光般透明
又悬崖般高耸的真理

我们每个人来到这世上
都是过客
即使漫漫长路，即使百年人生
即使金银满箧，即使高官厚禄

游鱼是流水的客人

江河是土地的客人

白云是天空的客人

所以我们向父母跪拜

所以个体向族群感恩

这就是住围屋的客家人

这就是小脚指甲分成两半的

客家人——两千年前跟随

赵佗来到这土地

把种子和汉字

一起插入稻田

这高出孔子的哲学

这比肩老子的理念

这第一流的人生智慧

是的,水有源头树有根本

树根离不开土壤

源头有它的成因

短暂的世相产生朴素的结论

草木是季节的过客

酒肉是肠胃的过客

多么简单明了

多么五彩缤纷

如同科学向自然

学习想象和修辞

如同生活模仿

艺术的动作和发音

我们是世界的客人

我们的父母是我们

前半生的客人

甚至我们自己

也是自己的客人

从左手看向右手

从这座山望向那座山

童年、青年，依次而过

我们有什么理由

不在每天打开心情

迎接晴朗或风雨的早晨?

成功者，久辛必果
挫折，也别愤愤不平
让我们仪态从容
永远与美好的事物为邻
让我们拈花微笑
永远对善良的人们
相敬如宾

从这个意义上说
客家人的心愿
就是世界上
所有人的心愿

我们来到这世上
我们经过这世界
我们一生一世的路
要好好地走
我们要欣赏沿途的风景

通济桥之夜

通济桥之夜
是佛山人心中的光明
我们在入夜时分
都到那里去
全城百多万人
除了腿脚不好的
心脏不好的、血压高的
没人不踊跃争先

通达的通,济世的济
从老辈人记事的时候起
走到现在,还会再走一万年

路灯,街边人家的灯,霓虹灯
达官要去,贵人要去
通济桥更是平民百姓的节日

只要你想达了又达,贵了
又贵,只要引车卖浆之徒
还想卖下去,那么

不能不去通济桥

肚子里装着团团圆圆的元宵
乘着被灯光剪碎的夜色
同去，同去，擎着象征
吉顺运道的小风车
一轮明月高高照耀着我们
的祈祷

看滚滚人流，好像比全世界的人
加起来还多的人流
四面汇聚来的人的呼吸的浪潮
亲朋们或高或低地相互应答
走啊，过通济桥

过我们千百年来的忧伤吧
过我们短短一世、断断续续
的欢乐吧。用我们佛山人
独有的仪式，过通济桥
过元宵节，过新春的
最后一天，过新的一年
忙碌的开始，桥和日子一样

都要过下去

看前面的人，后脑勺
也许里面转满了顶戴花翎
所以不停摇晃；后面的人
满面金光，读不出是金币的
正面或反面；左侧的人的
右半张脸，喜悦，好像是
刚读了一本好书的大学生
右面是个孩子，在父亲的
举持下，比父亲更高

通济桥的桥洞，横看天下
看善良的人们的正常愿望
上观天象，从人们的脚心
看过头顶，直看到气候的
温暖湿润，或许也有
不测的风云。既然人们
用这样的祈盼、这样的脚步
走过通济桥
我们就真诚地祝福他们
也是——我们

数十万人,像一支浩荡的大军
走过,从傍晚到黎明

2月24日写癸巳腊八诗句

朋友的提示打开我记忆的蜂箱
几缕鸽哨声盘桓回到梁园的水榭

还有亭台,还有石舫
还有我年迈母亲的名字里
也带的那个"舫"字

还有"南粤四大名园之首"
的称谓。我在想,这个"首"
和一首诗的"首"是否有关联

但是这思绪,当时已被
步移景换的色彩、被龙塘覆盖
花香嗅到丹桂,鸟鸣听到耳朵
龙眼树高高地就朗读了诗章

一百年了,还将持续下去
如花的女孩,开放在佛山的路上
在一条小径上隐没了身影
又在另一条街衢绽放了出来

诗,只有用简单的语言才接近最好
一条短信,像献给爱人的一次飞吻
一封邮件
或许是投向时间的一支飞镖

写在叶问纪念馆

这墙上的世界地图
这插遍世界的小红旗
这是咏春拳传播的地方
亚洲,非洲,美洲
尤其欧洲,从西班牙
向上看,到丹麦、挪威
冰岛也不例外,无数旗帜
飘扬直上山顶

刚劲的身形,潇洒的姿态

无数爱好和平的人们
健硕、自信，那自信来自
康健的身体里跳动均匀的心
直面世界的眼睛

我心里，突然柔软了一下
越是和平的国度
人们越是热爱咏春拳
或者可以反过来说
咏春拳能使人更爱和平？

纪念馆的回廊下，一位长者
一位少年，在木人桩前
像是博弈，像是游戏
身形矫捷，上下其手

佛山有佛

佛山有佛，佛经常
是以我们看不到的
形态出现的，我们也许
偶尔能看到神迹

我认识的第一个佛山人
张况，面容俊朗，镜片后面
流溢着聪慧的光
大碗喝酒，大块吃肉
一笔好字神采飞扬
一首诗写了千丈万丈长

杨凡周主席，心有锦绣
出口成章，却低调做人
在他看来，这世界
真的是值得尊重的
低调，就是有益身心的乐段

杨卓强先生，睿智沉稳
当过兵，假如继续当下去
一定会成为将军
在他园区运营的区域里
运筹帷幄，举重若轻

还有那位名叫顾月的女子
每次从舞台上下来，都微笑着

像是对所有人微笑
对生活微笑，也有一点点
对自己才华的自许

外形最像佛的万峰，话特别少
他摸着自己的光头的模样
尤其生动

还有包悦，甩着双手走路
一副满不在乎的样子
对朋友的事情，事事细心
还有区里的美女部长
还有头发梳得齐齐整整的余斌
高高的个子，从人群中
我老远就看见了他

在佛山总感到享受不尽的温暖
感觉温暖的，还有程维、雁西
"哈哈，我们都是普通人啦"
杨总说，杨主席说，甘部长也说

是的，大家都是普通人

你们，我们

但是，佛山有佛

所以，佛山有佛

感　恩

感恩让我低下头来

让我比所有人更低

感恩中我的心

成了一个敏感的接收器

很多有益的能量抵达这里

心，肝，脾，胃，肾

和金木水火土对应

天地和谐，我脚下的步子

也更轻快

感恩是一个开关，不

它不再关闭

一股热流从耻骨的海底轮

上升，眉心轮

到达头顶的顶轮,一片光明

感恩,这个以"佛"
作为冠冕的城市
感恩所有善良的人们

佛山的山

西望樵山,佛山的道路平坦
佛山有山,在人们的心里
是805米的海拔
是莽莽苍苍的高度
是佛山人向上进取的意愿
能够在云中书写
是紧紧攥在手里的五彩希冀
是肩膀上的担子,比肩膀
更高的笑容,是
面对神祇的虔诚祈祷
是新的标杆,不服输
不甘落下半步的那股劲儿
是敢为天下先的生命基因
是血液里含着铁质的性格

连南海的波涛,也学着

佛山人的跃进姿态

涌起浪花,跳上船头

总是黄飞鸿

总是黄飞鸿

总是黄飞鸿赢

不论在广州,在京城

不论遇到多么不可一世的对手

不管敌人多么凶悍、狡诈

总是黄飞鸿赢

不是他捣蒜钵一样的拳头赢

就是他舞动的雄狮占了上风

总是黄飞鸿

总是黄飞鸿赢

不论在电影里、在电视上

不管对手是不是买通了导演

或者那位男一号不大给力

被撤换了下来。他只能被撤换

不管是装扮成绅士的猛兽还是

擦着厚厚脂粉的毒蛇

只见黄飞鸿飞起一脚，他们

最终都要把地上的土舔干净

不论在内地、香港

还是海外有华人的地方

都是黄飞鸿的宽厚善良赢

都是宝芝林的药能治病

无论是朋友的背叛

还是亲人的误伤，到最后

都是黄飞鸿赢

黄飞鸿是咱们心里

一股摧枯拉朽的风

黄飞鸿不能不赢

黄飞鸿无法不赢

是头顶上的天让他赢

是这片热土让他赢

都是——佛山赢

舞 狮
——观黄飞鸿狮艺武术

鼓声已响,狮子抬起头来
群山在他的环顾之中
他举重若轻地迈步
大地欣慰

他抖抖自己的鬃毛
目光炯炯,他看到了
自己的敌人,或者玩伴

他不慌不忙,接着
风一样快地跑过去
他张开大口,提升了
铜铃般的眼睛和额头

他举起锋利的指爪
却轻轻划过对方的面颊
假如对手亮出狰狞的面目
他的利爪就直接插入
那皮肉,胸腔

他翻滚，跳跃，无比矫健
他扑、咬，四肢全用上
他爬梯，爬树
像一座华丽的山峰
飞过人们的头顶

这兽中之王，无敌之勇士
集骄傲和仁慈于一身
角斗场中的胜者
还会向阵阵欢呼的观众
自矜而略含羞涩地点点头

百万梦想墙

百万人的梦想，百万人的
再次出发地。以前你
没说过，不知道怎么说
或没说清楚。今天
你使上劲地想吧，说吧

你画出了两个小人儿

一男一女,女的是你

男的是你的他

你想象,马上要移居火星了

你给人类留下了一些

祈祷和建议。那双眼睛

是黑眼睛、蓝眼睛?

这并不重要,黑眼睛、蓝眼睛

凝望的都是世界的和平

那只小小的手印是劳动的

愿望,而不是长大之后

要一手遮天。哦,你画的

是一块糖果,它传递出的香味

是给谁的礼物?那块陶板砖上

只写了个扁扁的"口"字

是无言的歌?是和那扁扁的

砖的边沿构成的回家的"回"吗?

多少天涯的游子,愁肠百结

一条鱼在高出我们头顶的位置

正奋力地游,它的前方

一定有蔚蓝的大海;一朵荷花

也许开在你胸怀的中央

那在鼻子两侧,画了泪水的

朋友，即使你是一个悲观主义者

周围人也会把你团结得紧紧

梦想墙，百万人列队站立

千万人的呼吸聚集又分散

星空上的挂图各自闪烁

一亿人走在通向未来的路上

有高山，有悬崖，还有不显形的

各方神圣。奔马，麋鹿

壮丽的大象。你的梦想里

也别落下虎豹豺狼的影子

虎豹豺狼不是一种贬义词

在大自然，也在这面墙边

苏村谣曲

都说文魂武德

仅康有为一人，佛山

便足可以称文曲昌兴

在这里，在丹灶苏村

仍然能听到，当年的

幼齿小儿读书

房门紧闭,院外

榕树的影子墨绿

南海涛声甚急

灯下卷帙浩繁,唐宋明清

各式版本,竖排,从右到左

圣贤高高矮矮起落,密集发声

修己之学,救世之学

童子渐渐长大,手指

随铜鼎的锈渍缓缓描画

云起云飞。楷行草隶篆

蘸着悲愤的泪。

时而吟哦,时而踱步

长辫子一甩,惊起天上雷电

那沧桑满面的书桌

那雕花卧具,床边的溺器

雄性荷尔蒙,检验

看围墙之外,来年的上书

文书,诏书,西学之书

铜鼎上的云纹、鱼纹、饕餮纹

还有皇家的知府、密探

还有老年将至时,从里

往外翻腾的心智减退

肌肉,以及生殖力不停地减分

皇座左右,殿前行走

太后一发威,官员们自裁

想封妻荫子、仕途顺达

已经不是这种顶戴花翎的时代

尽人力知天命乎

尽人力知天命乎,天命谁知?

国家积弱,大厦将倾

轮到了我,死不敢辞

南海,你的一个浪头

碎成几千几万个水珠?

他知道这一抬脚,从此世事茫茫

古来壮士,谁能找到回家的路?

佛山祖庙

祖庙居于佛山。在禅城人的簇拥

与揖拜之中,在远行人心里

出于必然,出于血的温度,和

突如其来的对自己的不信任

祖庙，一座心形建筑。东方大运
及纺车、麻绳、尖底瓮，及其他
物象的拼图，帝王平民之合谋

出发之地。一种疏离也可如同
一种亲近。如同致敬，应答
问候的往还传递，相互依存
佛山的"佛"如四散在地的碎银子

彼此证明或不证明。帝王羸弱时
也妥妥躲在它内室暂避风寒。如同
记忆的倔强。站立是坚持，倾圮
倒下是它的另一种，一种假寐
如同海浪，一排排把自己推到更远

天雷地火之记载，脱褪衣装，像
把自己全身皮肤都脱了个干净
风中飘荡的纸片，是谁的命？

这重新整修的牌楼，阅尽人间，和
人间的注视——早春或凛冽的时令
瞥过我的来意时已略显疲倦

子孙其实也没那么要紧——
这话别轻易出口。紫霄宫阙
一个我进门另一个我正好出来

德是一种善。死有时也是
祖先赶在我前面

他们不断老去,在儿孙身上
重新发育他们的声音与肉体
春风忽然被吉祥树摸了一下头

关怀来得绵长,或突兀,如剥蚀
如惊吓。手心遭到戒尺或
不明器械的轻拍或重击,季节红肿

今天恰逢童子开笔的日子,笔帽
遮雨之帽,官帽,心思的密道
康有为、梁启超在墙边的书上读过石凳
笔洗、印鉴。温良和顽劣,孝子和家贼
我行囊中的键盘敲打自己的姓氏

西樵山,古代的炉灶不停烧灼着

古代柴草。肉食者与食草动物之间
的消长，关系暧昧。动态的我在一个
动态的石磨中旋转旅程和机票
我也曾砌起北宋年间祖庙的
第一块砖，不然就是第二块

台阶。秩序的界面。众多的膝盖
朝向你，有的跪有的不跪，有的
跪与不跪之间的姿势。谁将四肢
放大为四季？五行在天，归位
五官、五脏、五体、五经
灵应祠碑文的基因选择性陈述

孔学在年轻的脑回中翻检。前世
谁在你我的前方，放了铜鼎、夜视镜
放了一枚祈望升值的比特币？

光阴照亮的劳动，双手，抱拳或
自己和自己掰手腕。犁锄中的铁
和斧钺中的铁，谁是谁的兄长？
谁是英雄和锈渍，抓住黄帝或
蚩尤的要害？敕命，州府之命？

族群的密码或乞讨的带豁边的碗？
屋脊上的才艺。谁在危险的刀刃上
舞蹈，忘了衣襟上纽扣般的灾年？

被艺术抽象——三十种兵器列阵
大堂气象森严，所以瑞兽祥瑞。天空
校准罗盘、阳宅的风水。套院。闺房
隔间的木雕、砖雕、瓷雕空隙中的风
屋脊唯美，开启心窍的创造动机

泥胎还原出昔日的旷野，田里插满
秧苗和小腿。豆荚烤出敦厚味道
他们中的谁保留了原色？在南粤之南？

一种意念中的吉祥托向云端
训诂学与直接现实的边界。燕山
雪花，冷月上滴落一队遗精般的溃兵
战争——和平时代仙界玩腻的游戏
史学是关公和华雄之间的一杯水酒

庙堂与江湖，启智钟前，红顶和绿帽
在兴衰中互证，相互竖大拇指

错愕，那一刻穿透我单薄的身体

殿试上的笔走龙蛇，算盘珠旁
打滚的谋略大师。阿公抱着的
带官窑标记的瓷瓶摔碎于途间
阿婆放开小脚成大脚，同命运赛跑

主道宽敞，失神的小径给骚客借去
打结为饥肠和愁肠。万福台边
生角与丑角生殖同一部戏剧
《薛刚反唐》落幕，《唐明皇游月宫》的
锣声已响。台下的我冒领台上的我
像误解一部存在主义的评书

岁月合围，它们那光芒的髭须
由后人滋养，黄飞鸿号令门前的
铁狮子舞动。李小龙的拳头已经发芽

我的祖先，躲闪在一门技艺身后
打造房屋和棺木。扁鹊和《易经》
相互诊脉。枇杷香甜，一个番薯
表皮上的坟墓訇然裂开。被供奉的

水神,由于江河的速度,大地飞向半空

我的视线也曾向西越过巴蜀、中亚
仰观一种文化的伟大,同时看见
维纳斯的美丽,她的断臂是主语

人民的手指间,星光隐隐作痛
一条桑蚕正为理想拉丝织布
祖庙,你的驼峰与斗拱,俯瞰
锦香池中,两条鱼互嚙对方尾部
正午时分谁又敢斗胆狂言
这竖着的旗杆,是虚无在飘扬?

把你那隐秘的力量递给我,通过
凝视,冥想,只能心会的数字
那电击的蛮力。饥渴的龙鳞
比东方的广袤更真实可把握
我们对于自己距离太远

我和世界隔着记忆和一些遗忘
终是同样的余火,还是灰烬?
光明无须宽恕?我到此,鞠躬礼谢

我埋藏的无法取兑的金饰

未知和明日。吐纳。取舍。而你
回归汉字,或几个单词聚拢天下

我一拜:寻根,归属,皈依
再拜:赎身,辞别。相忘,相念
谁的车辇已从天边隆隆驶过?

2014年—2020年于佛山、北京

南方之北

NANFANG ZHI BEI

德令哈情愫

雪到德令哈

朋友曹有云发来微信
德令哈下雪了

德令哈有云我知道
大朵的云在天上放牧我们的仰望
云下侧卧着雪山

有云一遍遍发来微信
雪温柔,雪猛烈
是天上的雪想拥抱地上的"云"

地上的"云"湿润了德令哈的诗篇

从西宁到德令哈

十年前我去德令哈
西宁往西,倒淌河,青海湖

八个小时的颠簸

当年海子就是这样在车上
昏昏沉沉睡着。他偶尔抬抬袖子
遮挡一下脸上阳光的灼热

他在向距离姐姐越来越远的地方走
姐姐的面庞忽明忽暗
姐姐不停更换着衣衫

千百个姐姐其实是一个姐姐
数不清的情人是兜里卷了边的书卷

他在巴音河的海拔朝东呼喊
姐姐的四肢已经冰凉

门
——写给海子

我的朋友在那片麦田里
下午的太阳不得不
到山岗西边渴死

男男女女,不复站立
乳房好似戴红色草帽的坟墓

朋友一定不在那片麦田里
鹧鸪飞走,蝶蛾飘去
灰鼠钻入地下,他就少了
很少人进驻时间之内
有梦正缠绕着脚印丛生

根本不存在那片麦田
小麦醉了
疯狂地向自己的皱褶中
装填水和空气。它旋转
它的初衷在石磨间
一次次破裂,它哭泣着
麦苗指着夏天护卫的
依旧是这条道路

歌声中的克鲁克湖

黑颈鹤的翅羽低回又拉高
诗人斯琴夫的歌喉漫溢水波

像托素湖为克鲁克湖献唱
久远的情愫，久远的繁衍
我们年年代代之宿命

神对我们由来已久的眷顾，悲悯
　除了歌声，我们何以为报？

感恩的箴言
阿力腾寺院的叩首者牢牢铭记
戈壁上的星星，又被
欢乐而忧伤的泪水悄悄擦亮

2017年

茶卡盐湖

盐　湖

我的身体里早就
隐藏着一些你的秘密
我的笑容中也有你的
推动、引发的力

在噼啪作响的火光中
成吉思汗的大纛
举起天空一片一片蓝
那骏马昂起的头颅，马眼中
悄然亮起的远方的胜利之塔
那动人的名字被风传诵

谁能配得上
那云带的哈达，流苏飞扬
谁能配得上
那雪山围拱，擎着白银的酒杯
盐湖，神的旨意

盐湖的美,是让人想哭的美

在深深的地下,是盐
钻石般的晶体,倔强
排起涌流不断的队伍
从四面八方汇聚来这里
它们看准的方向,就是这里

盐湖的盐

给这个糖分稍高的世界
加点盐

给盐,给人那用塑料管维系的生命
给盐,给人那甜得发腻
磨磨叽叽的小日子
给盐,给青春,给快乐
给忠诚,给爱情的防滑链
给脸上的油渍,给心脏的跳动

给沙漠上将耗尽最后力气的独行客
给城市雪中的道路,机动车

给所有我们的同类,包括那眼神无光

对价值失去信念的忧郁症患者

给春天力量,给命运机会

如星星给了无边无际的黑夜

给大海的咸,和人间的泪水

盐湖的湖

盐湖入口处的庭院中

一抹红纱巾飘上了树梢

我相信,它是被有意挂上去的

它随着风的动作、指向

与五彩的经幡连在一起

它扯动整个湖面,和

呼麦,和藏家的秘传低语

和一位汉族小伙呼唤恋人的

声音。盐湖的美

定将流传进代代人的血液

和爱的诗句

盐湖，在心里你的一千个
仙女我真切地见到了
早霞映照着圣湖之女梅卓
和诗歌女神舒婷
她们给盐湖增加了另一种美

茶　卡

道路向茶卡驶来
彩云向茶卡聚来

茶卡
没有比这更动听
比银耳环更动听的名字
茶卡

男生说，茶卡
女生应答，茶卡
茶卡像恋人呼唤的声音

母亲说，茶卡

女儿回应，茶卡

这回荡在血液中的爱

延续千年

渐强渐弱，渐弱渐强

像盐一样珍贵

像盐一样晶莹

茶卡，我真切地看到

你自身也已被自身所感动

2017年6月14日—2019年9月16日

在互助饮天佑德酒

酒的香味

把十几个天南海北人

拢聚在一起

由于酒的参与

今夜天气静好

感觉世世代代

俱在椅子背后游走穿梭

面前一杯酒

酒杯,改朝换代也没能

换走的酒杯

出手,砍头也砍不断的

这端着酒杯的手

波澜不惊,神闲气定

举起来,海拔四千米

青稞的摇曳啊

那白云拂过头顶的青稞

金色的麦芒啊

被炽热激情灌注的麦芒
祁连山的风，吹也吹过
河湟谷地的温泉，流也流过
天地神仙，都在倒影中了

喝了
俯视百年身家，和这
衣衫褴褛的世界
高歌一曲，或痛哭一场

2013年9月1日

昆仑玉

——友人赠昆仑玉饰件。愧领赠言

昆仑玉。你的每一坨细碎

的毛料

都给了我——整个昆仑

在盈盈一握

2020年9月12日

南疆镜像

从库尔勒往西

从库尔勒往西,右手是天山
我们贴着它走,南望昆仑
朦胧起伏,就像小说中的情节

天山,昆仑,都是出侠客的地方
他们必是找一块清静之处
坐而论道,谈锋甚健
起而枪刀,飞沙走石
把那弯弯溪流捋得比弓弦直
咳一声就改写了天气预报

窗外有荒凉和丰饶交错的风景
我在考斯特车中与世无争
翻看膝盖上的书本
一条道,风云争霸或柔肠百转
这条路,金庸、古龙来过
归去,他们的兵器锈渍斑斑

南疆的草

南疆的草,有毛毛草、芨芨草
在神秘大峡谷,我看见一簇
墨绿的斑茅

野蔷薇,于路旁和山脚下时有所见
红柳丛丛,像沉默不语的爱
沙棘,一闪,就不见了踪影
风暴来时,细细数着它们的枝条

雪莲,雪莲。我们朝向深山呼唤
它们带着隐忍和高贵的平和
低低回应。南疆无垠
高大的新疆杨都显得细小如草

三千年的胡杨,以时间对抗
荒凉与空旷。它果形的叶子
它菱形的叶子,它把天空
当作它云彩形的叶子

罗布麻的强劲,小叶白蜡的柔韧

馒头柳，砍头柳，绿色中
一顶小花帽挂枝头

驼峰的移动，像不动那样缓慢
南疆离我最近，离我最远
我们的面包车掀起你的秋风一角
像一阵焦躁，像一串跳蚤
开了又停，停了又开
一会儿就跑掉

胡杨林公园

这里聚集了全世界百分之九十
的沙漠胡杨。让人想见世世代代
那么多胡杨，列队或零散地
朝这里出发，它们的叶子
在风中摩擦作响

这里是，或者不是它们的故乡
却一定是它们的墓场

"一千年不死；死后一千年不倒

"倒后一千年不朽。"
但是那灰枝的肩头
又有新枝生长

游者读到自己的前世。小火车
摇摇晃晃,不知我们的来生
在铁轨前面的什么地方
它和哪一棵胡杨相像

神木园鹿角马头树

我喜欢温宿,我喜欢神木园
哪怕只为这棵马头树

传说这树拴过马,传说这马
跟着唐僧取过经——
唐僧收服沙僧沙和尚去了
把马饿得
蹄子刨地刨出了水
急得它头上长出了鹿角
教人忍不住上前摸了又摸

树边一块木牌——

它的生长原因是18世纪

一次地震,柳树倒下,被一棵

杨树接住。这马头便是那

柳树的枯枝。

傻帽木牌

败坏胃口的木牌。我坐在地上

咕咚咕咚喝着矿泉水

在柯尔克孜族民俗村

在柯尔克孜族民俗村的棚圈里

有两大两小四匹骆驼

它们有站有卧,咀嚼的嘴巴

蠕动,泰然的目光平视我

高大的有力量的骆驼

一生下来就注定劳累奔波

的骆驼,不肯伤害任何一个同类

的骆驼。我捡起地上的一簇树叶

喂你,你们就把嘴凑过来

这一刻我突然觉得自己是有罪的

大概我也只好继续有罪下去

我想起那个叫曲惠的村子

汽车加油,游客"放水"。一大群羊

装在特制的铁栏扎成的卡车里

它们的毛被草原的风刷洗得洁白

它们的耳朵被一枚铁扣钉穿

它们的认认真真长成的肉

将通过喀什运往塔吉克斯坦

巴基斯坦或者阿富汗

它们不知道自己的目的地将

是哪里,它们的善良口感如何

谢谢吾斯塘博依街

谢谢你

吾斯塘博依街的六角形方砖

你像许许多多的树枝

朝前、朝左右伸展,将老城

绣在喀什,镶嵌在喀什

谢谢你，过街楼
谢谢你半街楼和悬空楼

最宽敞明亮的房间是作客厅用的
瓜果和馕摆得满满的，随时等你来

谢谢你那些永远开着的门
漂洗过的门帘；谢谢你
艾德莱斯绸的绚丽
木卡姆琴音沿着小伙子的鼻梁
沿着小花帽、沿着屋檐袅袅而上

那铜匠手中的榔头、砂纸和镊子
那铜壶弧线形的壶嘴像极了
巴音布鲁克天鹅的脖颈

谢谢你
老人，他们抬头时眼里飞满鸽子
谢谢你，喀什的天空、喀什的水
谢谢你，生命和民族的条条支脉

那最应该感谢的,从来不需要
我们的感谢。老城的无花果树
长了五百年,三千年
它们至今仍然是新鲜的

2005年9月

几只阿克苏苹果

几只阿克苏苹果
在杭州,一位朋友的方桌上
一罐西子湖畔的雨前龙井
邮往阿克苏的果园

橙黄的苹果,汇聚了阿克苏河的
波光水雾,和殷殷美意
绿茶,江南的土壤、日照
湖水悠悠的万般情愫

西施,仍在浣纱。她的手背上
金戈铁马的硝烟已被溪水冲走
那位月亮般皎洁的姑娘阿依达
你的阿克苏,那位诗歌王子洪烛
把你写进了羞涩缠绵的诗篇

"看到阿依达的微笑,我想
"这个世界上哪怕没有花朵
"也不显得荒凉"
碧绿的茶园旁边,西子的故事

同样在塔克拉玛干沙漠流传

美丽的阿克苏,美丽的杭州城
这一切,仿佛梦境,仿佛刚刚发生
其实是早有渊源,其实是命中注定

2020年11月1日于北京

那年在新疆胡杨林中

那年在新疆胡杨林中

翻出十四年前在新疆

在胡杨林中的一张照片

一株巨大的胡杨,和我

被一个瞬间随手记录

只见天高地厚。那时

我还没来得及

咀嚼回味的这天高地厚

感觉这胡杨就像一枚火箭

要升空,纷披的叶片如

绚丽的光焰

天地苍茫啊!一千年不死

死后一千年不倒

倒后一千年不朽的英雄

竟然也显得略略寒碜

天高地厚,宇宙苍茫啊

生活之手,握着我如握一根针
握着我,要刺绣一朵花

虽然比胡杨脚边的野花
比不了,有些丑陋
却也羞羞地
有着想作一朵花的心愿

2022年1月17日

秋天的阿尔山

乌兰浩特

乌兰——多秀美的名字
它的意思是红色
浩特——城市
乌兰,和浩特,真的堪称绝配

一直到车近阿尔山
我还在想,这无与伦比的
字义,和字音的组合

我问:蒙古族文字的左半边,笔画多
右半边笔画少,恐怕不只是
为了书写的方便洒脱

朋友答:蒙古族文字像一面面彩旗
飘扬在风中,挥展
它们的旗面、布穗和璎珞

蒙古族文字中间的一"竖",总是壮硕
它的横、撇、捺
清丽婀娜。像一个青年
拉着一个姑娘的手,舞蹈——
这倒是一种不坏的假说

题给驼峰岭上的天池

有七个天池
在阿尔山市郊周围
群峰捧着天池
冬夏春秋,不觉得疲累

"久旱不涸,久雨不溢"
就像阿尔山人为朋友端起的酒水
你每次来,都是满杯

南兴安隧道旁的原日军堡垒

一匹灰褐的怪兽,蹲伏这里

啃嚼我金黄叶子的白桦树
蚕食我用来盖房安身的樟松和旱柳

吃掉我大片森林、万吨矿石、煤
我的粥、我的粮食

它仿佛还在吃，它似乎还想吃
这里
散落着几颗强盗的牙齿

车往卧牛潭途中

从天池出来，向东一拐
就是通往三潭峡的沙石路

路北，一头黄牛正在吃草
脸上全部雪白，像化了妆，像戴着面具

路南，群牛或站或卧
其中的一老一小，也面相如此

它们或许是一家人，虽然
隔条公路，却不起争端，也不分居

它们冷冷地瞥来一眼，并不关心

什么大城市,什么中产阶级

它们或许把这些
车里下来的人们,也当作牛了

这么好的秋草都不肯吃
连拉车、犁地都不会

一群多么丑陋的牛
一群多么懒惰的牛啊

敖包,请原谅我的多情

"蒙古大营"南侧的敖包感到些清冷
彩色布条静静梳理圣水节(端午节)的熏风

有个女孩子,慢悠悠从旁边
飘过去了,高跟鞋在地面
敲击清脆的响声。有个小伙子
戴个鸭舌帽匆匆掠过,去办
他自己重要的事情

那花白头发的妇女,和一位
老先生——分别,以平常
自然的步履走过
但她回了回头;而他的眼睛
也亮了一下,步子迈得更稳
还有意无意地,挺了挺胸

我接近敖包,想从这些石头上
读读他们各自的际遇,当年的
身影。此时此景,谁能不与
一支美丽的歌再度相逢?

花与茶,花即茶

黄芩花在水中怡然开了
七彩菊慢慢地抬起头来
玫瑰花瓣映现微微笑意
沏水的是一位姓敖的蒙古族少女

野百合的浸润里
旅途的疲惫缓缓退去
金莲花的清纯入喉

使人想轻轻唱歌

这特殊的茶味似乎在说

春天在这里无处不在

原先我以为已把最美的季节错过

杜鹃逾越了疆界严格的时令

千日红青涩的芳香使夜色更淡、更轻

七只茶碗里深浅不一的水

由两支细竹敲击出悦耳的音乐

那声音仿佛悄悄地叮咛

"再泡一杯勿忘我"

到杜鹃湖不遇杜鹃

既然已知道杜鹃四月才开

那我们去看什么呢?

尽管山丁子熟了,稠李子紫了

野樱桃甜了,导游说一定

不虚此行我能轻易信吗?

尽管神奇的熔岩龟背地貌

向人们披露大地的秘密，丛丛
的石海和翻花石世所罕见
引起科学家惊叹同时也震撼
我们，我还是另有期待

尽管落叶松间的松鼠不停跳荡
它的天性，蓝大胆频频扑扇翅膀
石兔发出鸟儿的尖叫，使寂静
山谷变得更加生动起来

尽管矮小朴素的红刺玫一下子
就抓住了我的好感，凤尾松像
孔雀开屏带点招摇地在路边
美艳已极的白桦树新嫁娘般
朝车窗撒下阵阵花雨，荷叶湖
的波光已经满足了众多意愿

我的胸疼起来了，为什么
仍有不甘？为什么非要看到
那一直不肯出来见我的杜鹃？

2006年4月于内蒙古阿尔山

朋友要去科尔沁

朋友要去科尔沁，美丽科尔沁
他的背上要长出马的长鬃
我必须留在城里，开我的老年代步车

人类插手地球后，发生许多事
史书是一只倒扣的大碗
里面骰子的点数，让我们猜

马在奔跑，它按下河流、山岳
将一首歌从中间穿透。马的奔跑
刨出了埋藏地下的万千马蹄声

它回应着风的远处，闪电响鞭里
有马嘶，明亮与记忆
咀嚼层层叠叠绿色。马啊

如龙奔突，冲洗了疲倦，释放
所有比喻，喑哑，黯然。我喊
那匹马，我想做那匹马。可我不配

朋友说,一匹神话中的马
拉着科尔沁离开了那个地方

2020年8月12日

长白山上——现实主义的中年
和浪漫主义的月亮

我有很多的话要对长白山说
我从没来过的长白山

我常常想,我一定要在
自己白了头之前
去看看这个好地方

在到处都以自己的青山绿水
津津乐道的时候——
当今的年月,包括古时候
你打开每天的CCTV吧
莫不如此啊。长白山
我看到你和蔼可亲地笑了

我乘着夙愿而来
北京—长春—延边
我的心情
比波音747,比明媚的秋色
更快,更急迫

中秋,中秋乃佳节

以补天石为砚,从落笔峰起笔

长白山的月亮,如诗,如画

升上了天空的正中央

我不能说,明月的光辉

全都照到这里来了,但明月

一定对这儿、对你我

有着特别的眷顾

我还想,为什么到现在

仍然没有一个以长白山命名的节日?

这绝非奢望,也没抢谁的风头

长白山,你使多少游人

流连忘返,感慨岁月

一时间满怀的激情

充满色彩斑斓的红叶谷

我爬山的腿脚虽已有些吃力

可目光铺开的地方,峰峦,湖泊

我拥抱了全部的美丽景色

放不下啊，在我现实主义的中年

又逢浪漫主义的月亮

清泉濯我心，在长白山上

我欢呼一声，又回到少年

又回到少年

2013年9月2日

卡日曲的呼吸

无边无沿的咫尺之遥

才是准确的，阔大如灯

来吧是谁唤我

高高低低的膝盖离前面的路最近

重心顶住了喉结。衣衫擎住

一棵渐起风潮的树扩张

髋下滑翔出节奏，双臂舒展

土地稳健地步步向白云

我不信终生是途程，终生

是途程尽处模糊之背影

时间端坐孔雀石上

一部从后往前翻的书

无须标点，散漫的河

堤岸厚厚的嘴唇启明连绵

我的祖父懒懒一顾栏杆

蜷缩在阳台，由染发剂覆盖

一掬笛音丢失似的清晰

清晰若干看不见的图景

这一切，都是

由骨骼考虑过的骨髓

传递着密码，排列的形式

问号已经回答了问号

挤压，碰撞，丝弦断裂之声

脊椎上一队意识匍匐

蠕动，觊觎着

下个世纪之面相

钢铁过去，软件过去

牦牛与黄牛婚媾成饰物

玛曲过去，玛多过去

绛红色袈裟的潜能

念珠的珐琅质

更其远脆薄不堪击的天庭

你，是你吗？我

在哪里惶惑？又有谁

能把你我从大地上撕下来

吃力地抬举看山的目光

绰绰一顶帐篷如一只哺乳的牝羊

无声的兽角正无抑扬地吹

扎西的父亲在天上

扎西的母亲幸福在鹰群里

盯着脚尖走的扎西是扎西的全部

镶黑边白旗袖袂摇摇不落

酥油味的夜色羽毛

逃离纷纷

伤口里开放着寂静

冰川躺卧

河越走越细,它以呼吸交流

于淡绿空气中产卵孵雏

星宿海满地亮眼

形成巨阔的磁场之招引默默

拄着它透明中空的睫毛

我知道五条道路

从这里向你走近便捷

越走,越小,小到一握

我被松开在山顶

塔尔寺

一个粗肿的金色骨节

1997年10月

天池边的一丛白桦树

天池边的一丛白桦树

在山坳的斜面上

枯叶落尽,身躯斑驳

树们在剥着自己的皮

它们正倒下去,横七竖八

树们在揭着自己的疮疤

而闪电的脚

翻转了一下缩回到云层里

2013年10月13日

阜新小镇

没想到辽宁阜新，有这么个好地方
从北京出发，两个半小时，不远
"宝地温泉小镇"。空气新鲜
太阳也是新鲜的。也有恐龙——不过
它轻易不参加接待。它回到白垩纪
你若给它发微信，它回复的时间
会比较长。它的回复是82度温泉水
它的听诊器一样的长脖子，知道
现在的人们体质差，它的礼物中包含
很多微量元素，对你的肝胆肠道
进行靶向性治疗。温情之水，可
直接饮用之水，把你疲惫衰弱之
神经抚摸成琴弦。你觉得太阳在
不同的地方对人有厚薄之分
你在水中浸泡，日子就湿滑温润
月亮在水里像香皂，香喷喷的
你感受，水的松骨疗法，你像幸福
像消失一般自然融化其中，人世间
没什么大不了的，所谓标准，有的
漂浮，有的沉入水底。你从"凯旋门"

后面向东望，公路繁忙，风车那个
三叶片组成的图案，曾给了奔驰车
标识设计者灵感。沿A座公寓
B座公寓西行，老姨"暖心餐厅"
生意正好，在草丛中的昆虫和人们
胃口中间，"大骨鸡"正骄傲啼鸣
"民俗馆"展示着东北地区泥土味
的昔日。犁铧、簸箕，斗里装满
粮食的味道和时间。"红衣大炮馆"
明清的炮口不再虎视眈眈相互瞄准
"千工床馆"一架架木床，诠释着
叠床架屋的文化意味。匠人打造
一张乡绅嫁女的木床，耗时三年呢
这里还展示着"龙床""象床"
"湘妃榻""琴榻""鸦片烟床"
"拔步床"。那床榻上的
活色生香，你自己去驰骋想象
"失恋博物馆"今日闭馆。看来
那醉倒在酒窝里的人，到隔壁的
"减压空间"释放过，到镇边的
小树林君子好逑了。斜坡上的
"招财金蝉"，我拍它一下没吱声

估计我不是它在等的那个人
接着我把我的心放入"养心湖"里
和一群锦鲤嬉戏，经"真门""妙门"
过"窄门"，世界霎时宽阔无比
达摩在"达摩宫"修行，张三丰在
他出生之地建起了"三丰文化林"
——加这么多引号很累人的——
不得已啊。宝地也属于美得不得已
我回返湖边的心田书院在"案牍斋"
品无花果茶。一品，二品，三品
夜晚的宝地小镇如睡眠中的熟女
丰腴安静，星光灯光隐藏于她的
浓密秀发。好梦旖旎。清晨醒来
你会说，还是小镇宜人啊！小镇
再次像小伙的一声呼哨那么响亮

2021年5月2日

听讲渤海湾

驾驶着他28吨的四缸柴油机船
船老大,在离岸35海里
的水面上。浮标。拖网深沉
虾爬子两大盆,几个乒乓球大的
海螺,一只幼年螃蟹,在数着
零散的寸许长的海鲫鱼
十四岁上船,十九岁当船老大
指南针,罗盘,GPS,北斗导航
指引他人生方向。最远去过韩国
越境捕捞,坐了三个月牢
他说,美味不过虾酱,鸡蛋青椒
配炒,最下酒。虾爬子从
一分钱一只到三十元一斤
他说这些你带回去,上锅蒸
之前水里先放半把盐。鲜美
这位在舵轮边胡乱摆放着
凤凰牌与金盒南京香烟的
船老大,和人们一起
反复耕犁着这片海,快把
这片海吃空了。他叹口气

他说你问蜻蜓怎么飞这么远
这是海里生的蜻蜓，还有
海苍蝇，并不脏。海蚊子咬人
倒挺凶的。海，所有的海
咸涩海水表层都有一毫米淡水
蜻蜓喝水，海鸥啪地一点
有时候并不捕鱼，它喝淡水
此时一只海鸥低飞，像在验证
船老大的话。它也像船老大的手
曾粗糙地抚过无数鱼群的脊背

2021年7月31日

西安三则

武则天

一双手翻飞在宫廷
素手，玉辉灼灼之手
在玫瑰丛中

兵不血刃

从花枝上生就，十指俊俏
把别的女子们的春天
连根拔起

这无与伦比的手
捧着子宫，高宗睁不开眼
在御苑，只读到
一张妩媚的脸鲜嫩欲滴
而忘了自己的姓氏

这双手好

这双手比三纲五常好

这双手是圣贤之书

打在岁月颊上历史都不吱声

唐朝的男人们掩住羞处

天后养颜歌

五月五日，婢女出宫

肩荷短锄，采益母草

又名荒蔚，美容良药

晒干研细，玉锤声声

武火烧之，碳色灼灼

文火煨之，粉白细腻

天后敷之，宫廷生辉

八十老妪，面如少女

乾陵无字碑

对你的褒贬代代年年

烽烟般升起

（我要睡了

脚趾指着苍天睡去）

满地的秋叶如签发的诏书

（我这肉骨凡胎要腐烂

让永恒独抱

它强加给自己的寡居的劫数）

玉玺宝鼎仿佛你的驻颜之术

（我的手臂将扎根

在所有有花园的地方逸出地表

尝尝做一株简单的卉草是啥滋味）

衣带生香，谁曾向你的秋波泗渡

（已昏黄如残烛，弃世绝尘

倾醉过两代君王的我的双眸）

那段光阴

是月亮的女儿还是女巫

（我这时代中唯一的男人

请原谅

导演过一些臣民的悲剧

把他们驱入典籍

其实他们风光地跪着、活着

也不是什么好的差事）

你的荼毒和恩泽

同时来到人间的大地

（我一手是专权一手是盛世

我获得一切是为了

彻底地放弃）

过去说不出的现在也说不清

无字碑的声音渐渐隐退

（既已做过，就无须口舌

喋喋不休的人，四肢无力）

1994年10月

二郎山·红碱淖

往阔大的中国北方望去

我看见了榆林

往物阜丰宁的榆林望去

是心心相念的神木

神的旨意。我看见

歌声里的二郎山,比华山孤绝

是高超挺拔、险峻的美学

傲视群雄而微微含笑

他像合十的祈愿

像一只破土而出的手掌

在劳动上挂满果实

他的石阶上排列儒家、道家、佛家著作。他的

殿堂之间,有过去的今日的

时光穿行,经过石峁

四千年前的遗址

来到我们所面临的一切

我看见红碱淖宽广的胸怀

她的静谧。她像母亲

妻子,女儿——

常见的比喻,让人的心

一下子软了下来

她和二郎山的一往情深

滋养万物,有七条水流逶迤而至

推动古老的传说和湖泊的波澜

和不时兴起的鸟鸣

她睡着或醒着,散发妩媚

她的十分的阴柔

她的十二分的温柔

神木,这人间久远的现实与梦境

你的名字,是土地与日月星辰密约后的

一次神来之笔。就在这里

2023年5月12日

菩提岛

绳缆把整张大陆
拉进了海洋。因为菩提岛

一个浪,掩埋一片红尘
我的心,向你靠近
我的躯体却弄脏了你

菩提仰卧水面,睡了千载
他一睁眼,世界一派昏暗
菩提拈花微笑,春天来到
一刹那,人间到处金光闪闪

岛屿看透我有生之年
奔波在菩提金沙之间

菩提岛又重新把绳缆
交还到游船手中,我又将
回到以前的生活
一个浪,开辟出一段道路
我的躯体离你而去

我的心战栗

菩提岛，你就是这样
宽恕了我们

1995年

滩涂上的水鸟

乐亭港外的滩涂上
有一群小小的白色水鸟
在数着海浪

白色的、小小的水鸟
在数着海浪,并用它们三趾的
小脚,在灰褐的滩涂
写下自己的象形文字

起风了,千万棵芦苇如匍匐
的蒿草。波浪把船上游人
的头颅,一会儿吹向左舷
一会儿吹向右边

白色的水鸟,仪态安闲

数着海浪的水鸟。海浪和芦苇
在它们两侧舞蹈
风在呼叫,驱不走白色水鸟

它们鸽子般小小的身体内部
一定有一股能量
足以将这力士般的风抵御
就像黎明前的几粒星星
背负着巨大的夜空
朝白日飞翔

一群小小的白色水鸟
在数着海浪。海浪越长越高
水鸟的从容与旷野的风
平衡在片片洁白的羽毛

2001年9月19日

沉睡的滦河铁路大桥

他睡着,他不说自己
是中国第一座铁路桥
谁是第一,没那么重要
他不说自己是多少桥的父亲
铁矿石才称得上老祖宗
桥西侧的阴阳鱼似乎仍在旋转
东侧的五爪龙与凤凰舞姿华美
他不说历史,沉溺于历史的人
多是对现实无奈的人。他也不说
清皇帝来过,行宫和庙宇就伴在旁边
看好此处的风水。詹天佑建桥成功
英国皇家院士们惊呼了,冀东大地上
走出茅以升、裴文中,文人英豪宁有种乎
他不说连接、链接,这里是关内关外
咽喉之要道,时光的网络、空间的同构
他不说断了的那座桥墩,鸟儿衔着
评剧的尾音飞腾而起,滔滔滦河
桥北的黑鲤鱼在桥南立马变成红鲤鱼
什么都不用说。什么都说不过沉默
所有言说只是这桥梁——他的一部分

河水清澈可饮,冲洗来客的胸中块垒
你的襟怀有多大世界就有多大

2021年6月6日

曹妃甸港

能停泊四万吨级货轮的深水港
连通天下所有港口的世界第二大港
远远望去，他也远远望着我
在海岸旁

吊车，滑道，钢缆，集装箱
移动的山岳。近了
几位工人从钢铁里走出来
脸上也闪烁着金属的光泽

巨大的抓斗，一次抓举多大重量？
一位从诗中走出来的同伴鼓足勇气
说"五吨"
"不，一次七十三吨"
工人笑了，伸手做了个抓握的动作
有其特别的力道。这时天空很松弛

最坚硬的存在，旁边有柔软的海水
在海豚背上微微起伏
含情脉脉的蓝，含情脉脉的不语

一声鸣笛

来了日本,也许是巴西的货船

2021年6月6日

黄河静静流

黄河啊！我居住在离你不远的一座城市
我是个普通的人用不着亮出姓名
我在那里工作、在那里谋食
创造高出我的索取数倍的价值
我有一个妻子有一个儿子、更多的是朋友

余晖在那个城市稳稳落下
是她自己要红的不是被我的鲜血灼伤
那楼群又高了一层，晚风把荣誉
交给了层层叠叠的手
沉下去了一辈辈，我们不久也会沉没大地
站起来，我们的儿孙站起来的是中国

壮丽的事业赋予所有的人
一个人没有什么壮丽
刚强的性格分割成无数日子
朝夕里看不出刚强
生活的激动渐次、渐次
在我的习惯中减弱
没有大喜大悲，不是阔别的归人不惊讶这变迁

我想你东入大海如倾倒苍劲狂舞的古树

我想你巨浪之马群长嘶于宁夏

浩浩荡荡掀起滚滚"烟尘"

从我居住的城市到这里有两行脚印连接

顶礼你的澎湃，黄河你在静静地流

我想我已经认识了你黄河

感情的汹涌要一口一口地吐丝

我想我已经理解了你黄河

思想翱翔路必须一步步地走

黄河啊，你曾多少次接受

像我这样的青年的投影了

黄河，你百次千次滋润也冲刷着平原

1985年于郑州

天中三唱

悟颖塔

对于一个天生愚钝的人
怎么办?来悟颖塔

来看;来拜;来想心事

看四周茫茫,须弥稳坐
看山羊放牧童子,怀抱佛性的莲花
牡丹、桂子和蜡梅,可以
在不同的季节开,也可以
相聚在同一个季节

拜塔檐下托住天空的斗拱
拜佛祖在天空的深处隐身
拜"隆庆元年"重建之前的
那个塔,在宋朝,在我们的想象里
拜,就要心无杂念五体投地

我的心事早在更久远的日子
被压在塔下，峨冠博带
眼睛的源泉早已无泪可流
一个天生愚钝的人接近你
又离开你，在离你稍远的地方
对你做出平视的样子

饮恨天中山下

"禹分九州"，这是一句
和中国人有关的最好的诗啊
谁要再写，都是狗尾续貂

狗是天狗，所以续貂也
不是什么丢人事

周武王续，在此筑天中山一座
颜真卿续，扛来他的狼毫笔
刘禹锡捻断数茎须，吟哦
"山不在高"的名句

你，我，咱们一群朋友

没写过《兰亭序》，没写过

《茅屋为秋风所破歌》

勉勉强强把《长恨歌》背了一遍

宿鸭湖

宿鸭湖啊，我想

把你的大坝加高一倍

我想让你酿出更多的

甘甜的水；让雁鸭像

天鹅一样美，让红鲤鱼

在天空中飞，让蚌中之珠

升出水面照亮夜色与

月亮争辉，帆影衔着

北京的西山让我的梦境追随

不，你还是静静地留下

和汝河畔的朋友一起共享岁月

我抱起了宿鸭湖，又把她

轻轻放在了这里

2011年6月20日

雨中比干庙

"比"字两把刀
一把杀死自己
一把长成——秋天的玉米

今日来者
全是吃这玉米长大的人
胃,膨胀,把心压得——没了
庙宇只剩下一座空坟

"干"也形如兵器,划破
纣王的锋利和自身的秘密
忠良魂魄,眼下
仅由门票把守

谁管它松柏着急
一炷炷青烟挺立而起
在城市的眼里——比雨还细

2001年10月

在丹江水库乘水上飞机

渐渐地,陆地远了
飞机引擎的声音变得细小

我真实体验——人成为神
或者由一种外力
拉着头发离开地球的感觉

下面是160亿立方米的
涌动的纯净液体

烟雾蒙蒙,恍惚是在传说中

传说中的乌鸦,用它那两片
钢铁的嘴,把我紧紧噙住
——噙住就是擒住啊

这机械,这科学
我是它口中的一块
不瘦不肥的肉

我知道,岸上蹲伏着一只狐狸
水里有凶猛的鱼

它们喊,乌鸦,你歌喉美妙
你唱啊,让那个陆健掉下来
他热爱自然

是的,他热爱自然。他
经常说科学的坏话。但是
现在只有钢铁的鸟儿
只有钢铁,能救他的命

2005年8月4日

中州古意

不周山

其实,即使没人去撞
天空,张开的翅羽
缀着那么多陈旧的星星
也很沉重。酒酣耳热的
颛顼,倾了金樽长醉不醒
青烟散了,炉子冷了
女娲怅怅转回香阁
想必也老了。不知所终
是的,这俱是共工被逐
死后的事。茫然地打闪
几点犹犹豫豫的飞萤

山坡上
一个少年缓缓舒展腰身

周　柏

春秋盘结,战国

还在地下争霸
根须记载着纵横家的
语言。通过人去楼空的
蝉洞,现代意识输入
几围粗的树干冲上天
泱泱然大国
这一枝是秦楚
那一丫是两汉
雄视四野,星斗筑巢
唐朝也不负太白的诗

接着是赵佶的芙蓉不开
锦鸡不啼,兜头一瓢血雨
接着是成吉思汗
来撕它的叶子
崇祯奔往此处不及
乏力的日光
敲打敲打乾隆石碑

盘石屿

游艇驶向盘石屿
游艇驶向盘石屿
驶在原来的航程之外
这是盘石屿早已知道的

盘石屿,大水含着的盘石屿
阳光升腾,把天空围困
产生阳光的岛屿、石头

蜥蜴在沙地上扭来扭去
被后来的人们看到

游艇驶向盘石屿
人们从时光中捏造的
游艇,人们抢着登上
最美丽的小姐嫁给外套

浪花浅浅泛滥,下面的水
不动声色,听游客谈书
谈恋爱和性,和玄学

孩子带着他将长成的高度

盘石屿依旧燃烧

蜥蜴依旧扭来扭去

游艇的驶向

一条鱼尾随了很久了

它想说些什么,如果它能说的话

它被及时赋予了鱼的语言

出水即凋。白光闪耀

它像一只孤独的脚,没穿鞋子

1991年4月11日

洛河水之阳

洛河水

洛河水,温柔的洛河水
连着黄河,连着天下水
饮水的人——不分好人坏人
他只要喝,你就给

河图洛书的故事再次泛起微波
我再次望着桥上的人流穿梭
今天是2006年1月25日

一个普通的日子谁生过,谁死过?
数千年前沿着洛河水许多原始部落
兽皮裹身的人们奔忙在岸边
有稀稀落落的黍稷、有石斧石刀
彩陶盆散落在他们周围

衣襟挂满落红和游鱼的洛河水
星汉灿烂,安静有如

月色朦胧中浴女的洛河水
曹植才高八斗,七斗
都用在写洛阳上面了
筛出五斗,与洛河相关

天下的金银和美貌从陆路、水路来
供这里的人们把自己消费
时间从不会排斥谁、放过谁

一次次捧起收获,一次次抚平战争
把士兵、把道德的伤口涤净的河水
被排进多少污垢,就有多少次淘洗
你又不声不响地完好如初

而时刻,你的水浇灌的庄稼中
长成的我的血肉、思想、骨骼,洛河
我已不宜像年轻时那样对感情说得
细腻具体,话语婆娑。水啊,原谅我

唐僧把马停在这个地方

唐僧把马停在这个地方

这地方在宫廷与民间
接合部位置，相互蚕食边界

唐僧把马停在这个地方就
不走了。驻留。开始誊抄经文
欣然接受"紫金钵盂"里
"圣上御弟"的名号。讲学
弘扬佛法。九九八十一难故事
励志。他妙像庄严，不打诳语
他手一挥，僧俗劲舞不消歇

真懂释迦的是那匹白马
它头部的那只"音箱"，梵音缭绕
马尾拂尘，荡涤凡间浊气
它把一具石头的躯壳留放此处
无言的密语在世纪里漂

佛光洞彻一些人，点燃一些人
是玄奘成就了三藏
成就我等似寐似醒的信仰

在司马懿坟前应该说点大事

比如，说司马懿的狡诈

五丈原之战，诸葛亮把
女人的衣服都送到阵前
百般羞辱。大将军一笑，把
胡子都吹飘了起来，就是不出战

比如，说司马懿的智慧
你以为空城计他识不破？错

他眼神刁得很哩——背后多少
曹家夏侯家的"老虎""豹子"憋着劲
待他斩了孔明，就兔死狗烹

还有这九朝古都，青琐丹墀
上台面的事，也就仨核桃俩枣
史官只好对着月亮喝闲酒

那群不思进取的皇上大臣
乌泱乌泱的，除了椒粉涂壁

自己都不晓得自己忙什么

安乐窝的安乐

刘备的儿子刘禅不争气啊
让魏国灭了,封个安乐公
他非但不哭,还笑,这不是
叫别人哭笑不得吗?

无可争辩,"还是洛阳好"
乐不思蜀的故事在很多地方
都可以发生,它偏偏在这儿发生

邵雍邵夫子,宋朝人,就喜欢这儿
自盖茅舍,雅号"安乐窝"
古往今来诗人,属他写洛阳诗最多

我第一次来此,便遇见
邵夫子的后人——安乐镇的农民。缘分
他们知道司马光、吕不韦,吕公著
算了,何必那么认真?

我开玩笑：先生要在今天隐居

会不会买机票到北京、到外国去隐？

谁知道哩！假如他的心脏没事

假如他的血压很稳——

先人仁慈啊

而我们是多么残忍

洛阳唐三彩

三彩马只能诞生在一流的时代

三彩马义无反顾地选择了唐朝

于雄风鼓荡的火里取得灵感，三彩马

像一支有组织的军队，由钢铁之师

成就艺术之美，分流成散兵游勇

趁着和平年景来到寻常百姓家

一千度的火，一千次冲动

之后被冷却的爱

黄绿白的开片，在夜里，我耳旁

听见极轻微的开裂声。布封说

马是世间最高贵的动物

没有谁能够驾驭你,你是你
自己的主人,三彩马

我不喜欢三彩马一样
排排并辔而行的宫殿围墙的
黄绿青色琉璃瓦,很整齐,样子很傻

邙山好

邙山好。雨后,常有农人背着铁锹——
不是"洛阳铲",在山上转悠。说不准

哪片土"砰"地塌陷,一只汉罐或
一匹唐三彩的马腿,就被踢上地面来
一次重大的考古发现就被
踢上地面——小时候我就听说过

邙山好
"北邙山上少闲土,尽是洛阳人旧墓"
"生住苏杭,茔在北邙"是很多人
的人生理想。从古到今,他们

从容地或迫不及待在这里倒毙
带着荣耀或罪过、壮烈或耻辱
带着完成与未竟的心愿

他们并排，或头顶着别人脚跟
做着春秋大梦；或者交错
两副骨架完成一个"×"
骨骸枕藉比篱笆还密，层层山峦

帝王、乞丐、士大夫，统统平等
保持着他们笔挺或弯曲的姿态
无论精神还是物质，都归于泥土
邙山好，邙山就这样堆积而成

邙山好，我中学时参加邙山的
秋收劳动，我姐姐是那里的下乡青年
转眼几十年，我在邙山流下过
49岁的泪水涟涟

父亲去年已安眠，母亲在旁边
预留了很小的一个空间

白园，白居易

一朵白云飘落在白园
白云也有乏累的岁月
它行也从容落也优雅
沉寂是生死的共同本质

我在落雪时候重来拜谒
《琵琶行》的珠玉
在冰凌的伊阙掉落几声
山峦定格于舞姿，略输文采
绵绵的《长恨歌》仿佛无恨

这些在我眼前如此真切
真实得就像从来没发生过

2006年—2018年

黄河入海口

说这不是最好的季节。待十月再来
但对于我,任何一个节令
都是最佳选择。你的黄河,我的黄河
我们幸运地共有的黄河

宽阔的河面如行进着千万人的队伍
激烈的河面,如上天与神共同的
极度眷顾。黄河入海。如洪雷的
集合列队,滚动。迅猛的爱
推倒一排排时间。这一瞬胜过我的一生

神一般的巴颜喀拉,意志。泪水般的
巴颜喀拉,仁慈。水,古老,必然
我看见神的食指——指着劳动
所指之处,冰雪有耐心地消融
母亲乳汁般的圣水。流淌,愿倾尽所有

溪流,吸吮过母乳之后,满足地
自母亲光洁的腹部滑下,试试腿脚
跳荡着、踢踏着,一路奔跑,向东方

晶莹的，贵重于宝石和其他
一切价值的水。带着种族密码和
矿物质含量的水，带着使命
滚动着铁和金子的致命辞章

碾压了谵妄的箴言、巫术
从篝火旁、刀尖上掠过的
滴血的大把岁月

狂放的水，隐忍的水。穿过虚无
穿过苍老的豁缺着牙齿的光阴
穿过恶毒的诅咒和无以复加的赞美
在山东东营，这个叫河口的地方
入海而回到青春

涓涓细流。汹涌。皮肤的颜色
农耕文明的黄的底色。犁尖的锐利
在壶口瀑布，我见到水的骨骼
见到她临渊长啸，站起来
她义无反顾地跳崖的方式

就义的方式。我倾倒了大梦
和想象的玉制酒杯,在她裹挟着
翻滚着泥沙的波涛里看见国土

看见父辈满脸的沧桑,粗糙的皮肉
和紧攥着未来的牺牲,和悲喜之状
水的流动是血液的脉动,奔突的
延展。唯有她的衣襟飘扬旗帜
掰开星宿的硬核,教会我言语

不改色,不改写。几多千年
在这水天相接处
完成了她与天空等高的誓言

悬空寺的主题,不是空,是凛然
向上攀缘。鹳雀楼再上一层楼
是唐诗,豪情,是穷尽人间的眺望
其视力之极限,正在我今日站立之处

灼热感,纵深感。黄河是总揽江山的臂膀
捣衣声,羌笛暗飞声,战马的嘶鸣
飞天的飘带,王朝的鼎盛与无可救药

把强敌推出疆域的愤怒和手

这地球板块冲撞、镇灭、挤压
掏空不了的腔肠,隧道连接桥梁
龙,图腾,非如此不可的超现实
浩荡,巨大的肺叶,横贯今古的歌
同时化作亿万人的呐喊和生命

壮阔的河面如行进着的千万人的队伍
朝前方赶去,千万个浪头如千万个
人头,航船与水手,旋涡和英雄
即使砍头也要蜂拥向前走的头颅

荻花,芦苇,一万九千亩的槐林
油井,太阳能光伏板,风力发电的
旋转和速度。这明媚的愿景把
每一声白鹳的啼鸣擦亮。其中
也有我倔强的肉体和滚烫的眼泪

黄皮肤的浪,鲤鱼、鲫鱼、黑鱼
刀鱼穿透她的胸膛,跳出又返回群体
击响太阳的金箔之声。她冲进大海

融入大海,她就是大海。海洋上的

蓝天。阴晴明灭。崩塌了悬崖和困苦
大海等候她,拥抱她
归还了她的清白之身

2020年8月7日至8日于东营、北京

原平又见梨花

梨花，旋转而至的梨花
从天而降的梨花
从地底喷泻而出的梨花
笛声一样清冽的梨花
丹青妙手手绘的梨花
一瓣瓣撕碎又缝合起来
的梨花，怎么就拼接出
我一段难以忘怀的往事？

梨花，簇簇扑面而来的梨花
朵朵乘坐着芬芳之舟船
飞渡而来的梨花。一团团
快乐舞蹈着相互拥抱着的
梨花，一片片蜂拥着要把
那些丑陋的虚伪的阴暗的
事物全都淹没的既感性
又理性的义无反顾的梨花
为什么让我泪流满面？

在我的眼睛里、我的听觉中

我曾经的动情处，我此刻
刻不容缓的直觉的心灵剖面上
润泽我最柔软最隐秘的部分
你的美丽给人针扎般的痛楚
使如我这般的半大老头儿
重温了初恋般的悸动。梨花
你来自另一种人生，如雪纷纷
温存又迅猛，悄悄地、一下子
覆盖了我年少时光的桃花梦

2012年4月

红叶和喜鹊

香　山

还没到山脚
小贩的期待
就从枝枝杈杈中长了出来
然后是制作精美的红叶的标本

咔嚓,咔嚓。我懂得
"令人心折"的含义了

晚上,在同伴鼾声的掩护下
我听见遍地的枫叶
在使劲往香山上爬

像是在逃
像是被人紧紧追赶

在喜鹊的翅膀下度过一天

早晨,一只飞过的喜鹊

把蓝天切成两半

我们将只在喜鹊的这半个
秋日里登上
生命是季节的一个驿站
一个要经常打扫心情的房间

叶子正不歇气地喊：红，红啊

在喜鹊的驱动下
这一天真的属于了我
除了香山满山的香

1999年3月15日

一个叫鸟巢的地方

那个叫鸟巢的地方

鸟鸣四季啼啭的地方

是一片什么样的森林?

绿叶捧起的心愿,颜色

钢、水泥、玻璃的集合

巧思作为结构——

无论中国还是外国

从未有过的新的图形

其实地球也是一只大鸟

它也需要休息,回家

头顶着星星和诗篇——

它被捧起在一双劳动的手上

鲁班发明了锯,发现了力量

鲁班从历史的远处看见了今天

2020年6月10日

中国大剧院

时间从一根弓弦上飞跑而过

乐音在琴键上腾跳而出

脚尖掠动天鹅湖面如蜻蜓点水

歌喉动人,歌者的四周鲜花满山

这些最初都暗暗呈现于他的内心

从模糊到清晰。他只是一个

中原土地的儿子,村边的小河

培养了最初的乐感。起初

来北京盖大房子只为了赚钱

回家盖间小房子结婚

盒饭,水壶。毛巾在擦汗时

擦出他自豪的笑脸

大剧院的第一场演出

他换上干净衣服,买一张票

很绅士地朝检票员点一下头

音乐响起,世界仿佛安静下来

2020年6月10日

圆明园

不要动它

它并没有沉入永久的睡眠

不要动它

它眼睁睁看着世间发生的一切

不要说,这只是一片残垣碎瓦

不要,不要用一座所谓的

新的、瑰丽堂皇的圆明园

压在它身上

不要以为反抗和压迫,只是

我们祖先的事,萤火闪烁

只剩下幽暗的火;不要把我们的

身世掩盖。圆明园,曾经的

极尽奢华和永久的破败

是当时四万万人民的伤口

统治者的耻辱;列强的张狂

与贪婪——人类天性中的脓疮

留下它,留下天空的哭泣

留着它,见证我们的来路

看着它,让血脂不再黏稠、加速流动

石头不语,但是石头说出了真理

石头不发芽,但是新的生命要发芽

2010年10月1日

写在周口店北京人遗址博物馆

北京城西南约50公里,三万年其实并不远
喜鹊的尾巴一上一下撬动时间如开关
这些沉默的石头,这些沉默的石头

这些沉默的石头一百年前曾说出什么
史有所载。他还保留了更多的什么?
知识在我的能力之外。它什么时候再次开口?

石头开口怕我们难以承受?那个微微驼背的人
我们带有侮辱性地称他作猿人
他背上的肿骨鹿放松了双瓣蹄子的力道
那鹿唇边似乎还断续地冒着热气

那时鬣狗还没想好自己的主人将是谁
剑齿虎龇牙追赶亡命奔逃的豪猪和鹿
月光变得如此锋利。两石相击,以命搏命

男子,要在十几岁死亡之前做许多事情
女人晃动着木瓜型的乳房踮脚采摘果实
他们的内心像湿树叶遮盖的繁衍之火

是石头的诉说让我们看到自己带磷质的椎骨
鹿角摩擦岩壁磨出了一段低沉的歌声
石头沉默，鸟儿衔着一粒草籽不肯放下
那些跳跃的脚何时跳进了一双文明的鞋子？

石头裂开，涌出至今鲜活的鱼群
带骨针的兽皮，臼齿，胫骨，踩高跷的人
涌出贾岛峪、龙骨山、房山，和
满腹经纶的戴眼镜的中外考古学家

母亲的腹部是大地的中心，她的周围
被经验之手摆放了庄公院、玉虚宫、十字寺
和金朝由盛而衰的可怜的寝陵

他们生存，本能的方式已经足够
逃走，以免成为另一伙猿人的晚餐
他们被摆上祭坛却并非心甘情愿

攻击与躲避成为非此即彼的哲学。简单的
石头的隐忍，是对人们的仁慈
石头说话，必有大事发生。生命源头的语言

飞跃人类的前额，世界的格局，精神的穹顶

我今日来，静静感受他缄默中的慷慨
他的坚硬，看透了我的骸骨、胆魄
和所有的软组织。这些都不值一提

我静静感受，他巡查了这滚滚红尘的一切
然后沉默。也许明天他会开口，石破天惊

2017年5月8日

后　记

我只去过很少几个外域,法国、德国、奥地利、比利时、美国、加拿大、泰国、新加坡等,有的是旅游,有的是公干。无一例外,在国外或者写国外的此类诗歌,几乎没写出过什么像样的东西。妥妥的水土不服,没办法。但我可以自诩,960多万平方公里的土地上,差不多——应该是,完完全全地,我每个省、自治区、直辖市和特别行政区都去过了。在自己国家,自己觉得踏实的土地上,我放松,想事情精力更容易集中,就写下了近200首相关的诗篇。

我多数是借助了做编辑记者或是文学活动的方便,在采访、会议之余,登临胜境。同时,我也比较有好奇心。从20世纪80年代开始,至今不辍。歌德笔下的浮士德曾说"真好啊,停留一下吧!"我想,吸引他的除了物质生活、社会关系,一定还有瑰丽无比的自然,以及自然所承载的绵延千年的历史。

我去的大都是风光秀丽的地方,东南形胜、西部的荒凉同样展示着悲壮与向往。当然,我也在贫瘠的乡间度过岁月，因此对美的山、美的水、亭台轩榭、坚固的城墙、英雄的故事、乐音袅袅，情有所钟。拉萨雪山、青海湖、喀什的城镇、内蒙古的阿拉善、阿尔山的冬日温泉、五台山的禅味、西安的碑林、我居住过十个春秋的九朝古都洛阳、山东济南的趵突泉、河北秦皇岛的山海关，由此多点向南，我抵达过所有的中国南方省会城市，近百座名城、名山大川。光是去年到现在，我就到过十几个省，情不自禁写下诗章。世界之大，我等何其渺小。虽则生存艰难，但生活值得热爱。

去到陌生的地方可以呼吸新鲜空气，可以广见闻、知异同、明事理。可以从中不断发现自己。可以增激情、涨胆气、激发想象力。若有精神上比较"同频率"的朋友结伴同游，更加堪称乐事。唱和之间，诗兴勃发。我也爱看古贤侪辈的游历诗文，读到他人的满腹经纶、满腹锦绣，可谓快意人生。

我的诗不止收录书中的这些，有的不尽如人意，只能舍弃。有时出于敬畏——比如面对西藏以及其他圣城圣地——杂念纷纭，不敢贸然动笔；比如黄山的"不可方物"。有的属于"心中有景道不得"，别人已经把笔墨用得太漂亮了，没给咱留余地。有的是自己不在创作状态。有的则是因为手写稿不慎丢失。早先时候，我多数情况是采风回来在家里写。近十多年，到了一个地方，在离开之前的三两天之内，就能写完三四首或四五首。车上也能创作，有时参观下一个景点时，已经把上一个景点在手机上完稿了，或是已经拟好了初稿。我想其实古代诗友相见、同游，很多作品都是当面写、当场写的。生活与艺术同步，相互映照、交融。这才是海德格尔所说的"诗意地栖居"啊！

　　写一首好诗很难。有时候还需要机遇。写出好诗来应该庆幸，犒劳自己一杯酒。写不出应该怪自己——不够好，罚自己一杯酒。唯是如此。

2023年7月于北京